砂女

[日]安部公房 著
杨炳辰 译

上海译文出版社

—— 没有惩罚,就没有逃脱的欢愉 ——

目录

第一章

一

◇◇◇◇◇◇◇◇◇◇◇

八月里的一天，一个男人失踪了。他利用休假去海边，听说那地方坐半天火车即可到达，谁知他一去便杳无音信。家属向警察局报案，在报纸上登寻人启事，结果都如石沉大海。

当然，如今个把人失踪了，也不是什么稀罕事。仅从统计数字来看，一年间就有几百件失踪案件。然而，人被找到的可能性却微乎其微。换了杀人事件或者人身事故，怎么都会留下清晰的证据，就连绑架，有关人员也总会明显地表示出大概的动机。然而失踪者却不属此列，极难找到线索。如果有“纯粹逃亡”的说法，那么，多数失踪事件，似乎都可纳入“纯粹逃亡”的范围。

而他的失踪，在找不到线索这一点上，也不例外。警方推测出他大概会去的地方，可那边没有任何报告说发现了可疑的尸体；从他的工作性质上来看，分析不出丁点儿会被人绑架的蛛丝马迹。平时，他也丝毫没有流露过计划逃跑的口风。

当然，一开始谁都会想象“失踪”与秘密的男女关系有牵连。可从他妻子嘴里听说，他旅行的目的仅仅是为了去采集昆虫标本。负责调查的警官也好，单位里的同事也好，都大感意外。真的，把杀虫瓶、捕虫网作为“情爱逃亡”的隐身草，那实在有些糊涂过头了。而且，据火车站的检票员回忆，的确看到过一个登山队员模样的人；他把画具盒似的木箱和水壶，交叉地背在肩上，在 S 车站下了车；据检票员的证词，确实只看到他一个人，没见有同行者；于是，“情爱逃亡”的推测显然就站不住脚了。

又有人提出“厌世自杀”说。提出这个说法的是那男人的一个同事，一个热衷于精神分析的人。据他介绍说，已经成了堂堂的大男人，却还热衷于收集昆虫标本之类的东西，本身已经可以证明他精神上存在着某种缺陷。即使是个孩子，在采集昆虫标本方面表现出异常的嗜好，也大多被人看作有“恋母情结”，他们明知昆虫尸体决不会逃走，却还是用大头针紧紧地固定住那些尸体，以此来发泄自己无法满足的欲望。要是成了大人以后，还戒不掉那种嗜好，可见病症是在一天天地加重。昆虫采集专家，往往是个占有欲旺盛的人，一个极端排他的人，有小偷小摸行为的人，甚至是个同性恋者，决不是偶然。距离“厌世自杀”不过只有一步之遥。眼下，也许杀虫瓶里的氰化钾比采集活动本身更吸引那些昆虫收集爱好者，有的人甚至怎么说也不愿洗手不干。……这么说来，那人从未对我们挑明过一次，那态度本身，不也就证明了，连他自己也觉得这种兴趣见不得人吗？

尽管他特地作出了周密推理，但没有事实依托，未发现尸体，也就成不了气候。

就这样，谁也不知道真正的理由，一晃就是七年，根据民法第三十条规定，最后那男人家属只得接受了死亡认定。

二

八月的一天下午，一个男人把大木箱和水壶交叉地背在肩上，把裤脚塞在袜子里，像去登山似的。他戴了一顶灰色的太阳帽，在S车站下了车，站在月台上。

这附近，没有什么值得特地去登的山。检票口的车站职员接过车票，纳闷地目送他远去。那男人径自上了车站前的公共汽车，在最靠里边的位子上坐了下来。那是开往山的反方向去的公共汽车。

男人一直坐到了终点。一下汽车，眼前便是崎岖不平、坑坑洼洼的一片。低洼的地方，被分割成一小块一小块的水田，稍高出一点的地方是柿子林，像小岛一样散布在水田之间。男人不闻不问径直穿过村子，接着，再往村子后边白茫茫萧瑟枯索的海边走去。

不一会儿便走到了村子的尽头，那里已经没有民房了，只有一片稀疏的小松林。不知不觉，地面也变成了沙地，肌理细密，仿佛要将脚掌都吸进去似的。随处可见干草垛，在沙窝里形成黑影；除此之外，像放错位置似的，还有一张榻榻米那么大的贫瘠的田地，种着几株茄子。这里看不到一个人影。前面总算就是想要去的海滩了。

男人这才停住了脚。他往四下里望了望，用上衣袖子擦了擦汗。缓缓打开木箱，从上盖里抽出几根木棒；扎起来，做了个捕虫网。他用棒子的一头，敲打着草丛，又走了起来。沙滩上腾起了潮水的气息。

怎么老看不见海呢？也许是地面蜿蜒曲折，瞧不远的关系吧，完全雷同的风景，无边无际地延续着。忽然，豁然一亮，他眼前出现了一个小小的村落。以高高的瞭望楼为中心，聚集了许多简陋房屋，屋顶上用小石块压着木板，这是个常见的贫困破败的小村落。当然，其中也有几幢房子的屋顶，铺着黑黑的瓦片，有几幢房子的屋顶，还包上了铁红色的洋铁皮。包洋铁皮屋顶的房子，坐落在村里唯一的十字路口的边上，看上去像是“渔业联合组织”的活动中心。

那后面，该是目的地的海滩了吧，该有沙丘吧。谁知，这村落却意外地宽阔。仅有一小块地方露出泥地来，绝大部分都是白花花、干巴巴的沙地。尽管如此，沙地还是被辟成了花生地和山芋地，海潮的气息里，混杂着家畜的气味。道路用沙子和黏土固定起来，路边上，粉碎的贝壳堆积成了白色的山。

男人沿着那条路走过去，在渔业联合组织前的空场上玩耍的孩子们，坐在歪斜的走廊上织渔网的老人们，以及聚集在仅有的一间杂货店门口头发稀疏的女人们，一下子都停住了手和嘴，投来惊讶的目光。谁知，男人一点不在意，让他关心的只有沙子和昆虫。

这个村落使人意外的，其实远不止它的宽大。奇怪的是那条道路，竟会渐渐上坡而去。这与他的预想完全相背。既然面临大海，那路该是下坡道才对呵。是看错地图了吧？正好有个年轻姑娘走过来，他赶忙向姑娘打听。谁知那姑娘慌慌张张地避开他的目光，像没听见似的，赶快跑了。不得已，他决定不管三七二十一，再往前走一段试试。至少光凭沙的颜色，渔网，还有贝壳山，等等，就能确定附近肯定有海滩。事实上，那里还没有任何能预示危险的东西。

道路忽地成了往上的大斜坡，沙子也越来越显出本色来了。

奇怪的是，建造房屋的那部分一点也不高出路面。只有道路在不断变高，村落本身始终是平坦的。其实，不仅是路，建筑物与建筑物之间的隔离带，也和路面一般高低。看上去，村落整体仿佛呈上坡趋势，只有建筑物原封不动地留在了平地上。这个印象越往前走越清晰；不久，所有的房子看起来，都像从沙的斜坡上掏挖下去，建造在沙窝里似的。而且，沙的斜坡比屋顶要高得多。一排排房子，仿佛稳稳地坐在沙窝深处。

斜面忽然变得陡峭起来。他大致目测了一下，这一带，距离屋顶，至少也有二十米。人们到底是怎样过日子的呢，他觉得很纳闷，想看看深邃洞穴底部的一间屋子，谁知他刚沿着边缘走了一圈，就被忽然刮来的一阵大风，吹得连气都喘不过来。他猛地睁开眼，眼前已经是大海了，泡沫四溅，浑浊的海浪翻滚着，拍打着眼前的海滩。原来自己已经站在目的地沙丘的顶端了。

这一带沙丘面临大海，迎着季候风，遵循着自然规律，涌起了陡峭的斜坡，那上面生长着禾木科薄薄叶子的植物，它们竭力选择哪怕稍微平坦一些的地方，一撮一撮地聚在一起。回头瞧一眼村落那边，沙丘顶上，深深地掘了一些大大的洞，面对村子的中心，并排有好几层，简直像破败的蜂窝。村落重叠在沙丘上。抑或沙丘重叠在村落上。总之，那风景叫人焦虑不安。

自己费了好大劲儿，好容易才找到目的地的沙滩，所以，眼下只好将就将就。男人含了一口水壶里的水，然后，又饱饱地吸了一口风，那风看起来清明澄碧，可吸进嘴里却沙沙的。

……

男人来此的目的是收集居住在沙地上的昆虫。

不用说，沙地上的昆虫体小、貌丑。但是，专业的标本采集家，对蝴蝶和蜻蜓之类倒是不屑一顾的。这些标本专家所瞄准的，不是漂漂亮亮地装饰丰富自己的标本箱，也并非出于对分类学的关心，更不是为了寻找做中药的材料。采集昆虫标本，还有更朴素、更直接的乐趣。那就是所谓“发现新种类”的乐趣。只要你有所发现，那你自己的名字也就能和昆虫长长的拉丁学名放在一起，用斜体字写进昆虫大图鉴里去呢。而且，恐怕还能半永久地保存下来。即便是借助昆虫的形态，只要能在人们的记忆中留下姓名，那这努力就是有意义的。

在变种多、不起眼的小昆虫当中，特别容易觅得这种机会。因此，在很长一段时间里，他眼睛一直盯着人们所讨厌的双翅目苍蝇类。确实，苍蝇的种类惊人的丰富。尽管这样说，人的想法大致相同，就连日本那种叫做八匹目的珍稀种类，几乎都被收集到了。大概苍蝇的生活环境与人的生活环境十分相近吧。

不如一开始就着眼于环境。“变种多”这一条，不就可以看做是适应性强的特征吗？这个发现让他高兴地蹦跳起来：“我的想法，并非不切实。”所谓“适应性强”，指的就是别的昆虫无法居住的地方，有的昆虫却能安然居住。譬如说，沙漠那种地方，一切生物都会死绝……

于是，他开始对沙地产生兴趣。而且，不久就有了效果。一天，在家里附近的河滩上，他发现了一只身体小小的、浅桃红色的虫，与鞘翅目的日本虎甲（Cicindela Japana Motschulsky）十分相像。当然，众所周知，虎甲背上的颜色和花样常常翻新。可要是说到前腿的形状，那可就另当别论了。鞘翅目昆虫的前腿，是区分类别的重要基准，前腿的形状不同，就意味着种类不同。他所见到的那只虫，前腿的第二关节有个明显的特征。

普通虎甲的前腿，黑黑细细的，看起来相当敏捷。可这条虫的前腿，像罩上了一层厚厚的套子。微微隆起，似隐似现地泛起黄色。当然也可能是沾上了花粉。但即便如此，也可以使人充分地想象，总有什么道具能使花粉黏附在腿上的吧——譬如毛之类的东西。如果他的观察没错的话，这该是一项十分了不起的发现。

只可惜那小虫逃走了，大概自己有些兴奋过了头，再加上虎甲的飞行路线含含糊糊看不清楚。逃跑时，它老是回过头来等着，简直像在说，来呀，来抓我呀。等你相信它，一靠近，它又嗤地飞起来，又回过头来等着。直到把追逐者弄得厌烦透顶，最后，它嚓地消失在草丛里。

就这样，他完全被那只有黄色前腿的虎甲给俘虏了。

他关注沙地，怎么说都没有错。事实上，虎甲也是沙漠里有代表性的昆虫。又有一说，它那难以捉摸的飞行方法，其实是一种诡计：它要把看中的小动物从它们的窝里引诱出来。譬如老鼠或壁虎，被那小虫引诱到沙漠的深处迷了路，小虎甲一直候着小动物饥饿、疲乏至死，然后把它们的尸体拿来当自己的美餐。它们似乎还拥有一个优雅的日本名字，叫“信使”，乍一看气度非凡，但实际上却是尖嘴猴腮，具有不惜同类相残的狰狞凶猛性格。这个说法是真是假且不必说，至少男人被虎甲妖气十足的步伐迷住了；这是毋庸置疑的。

这样一来，他对那虎甲生存的条件——沙子所表示出来的关心，也就不得不日益高涨起来。他开始浏览起各种有关沙子的文献。调查之后发现，沙子也相当有趣。打开百科词典，翻到“沙”的一项，上面这样写着：

> 沙——岩石碎片的集合体。有时含有磁铁矿、锡石，甚至还含有少量的沙金。直径1/16~2 mm。

实在是个十分明了的定义。总之，所谓沙子就是碎岩石中，介于小石子和黏土的中间物质。可是，单纯用中间物质来说明，实在很难说这解释是完整的。石子、沙子和黏土三样东西，在复杂混合的泥土之中，为什么只有沙子被特别地分出来，成为独立的沙漠或沙地呢？假如是单纯的中间物质，那么，风化和水的侵蚀，在岩石表面和黏土地带之间，应该形成无数过渡的中间层次才对。然而，现实中所存在的，却是石头、沙子、黏土三种能够清清楚楚区别开来的外观。更奇妙的是，只要是沙子，那么，江之岛海岸的沙子也好，戈壁大沙漠的沙子也好，不管那沙粒来自何方，它们颗粒的大小几乎没有差别，几乎可以 1/8 mm 为中心，描绘出一条十分接近于高斯误差的分布曲线。

一本解说书解释说：风化和水的侵蚀造成了泥土的分解，其结果又极单纯地把泥土的分解物按轻重顺序远远抛开去。但是，直径 1/8 mm 的特别意义却无法阐明。相反，另一本地质学书上则作了如下的说明：

水也好，空气也好，所有的流动物都会引起乱流。这种乱流的最小波长几乎与沙漠的沙子直径相等。根据这个特性，只有沙子从泥土中被特别挑选出来，与流动形成直角方向才能被抽取出来。要是泥土的结合力薄弱的话，来一阵微风，甭说将石头吹起，就连黏土也飞不起来，但沙子却会一下子被吸上天空，又被抛回地面，迎着风向被挪来挪去。这么看来，沙子的特性属于专门的流体力学问题。

于是，刚才的定义还得加上一句——

> ……再者，根据流体作用，沙是岩石破碎物中最容易发生移动的粒子。

既然地上有风，有流动，那沙地的形成，也许是在所难免的。只要风在吹，河在流，海上波浪在翻腾，沙子就会从土壤中生出来，简直像活的东西一样，不择地势蔓延开来。沙子的流动决无休止。静静地、实实在在地侵犯着地表，吞噬着地表……

这个流沙的印象，给了他一种说不出来的冲击和兴奋。沙地上寸草不生，但并非人们所想象的，单纯由于旱造成。其实，不停的流动，正是沙子拒绝接受所有生物的理由。一年到头必须不停顿地强逼着自己紧紧抓住，与这个现实的郁闷相比起来，多么地不同啊！

确实，沙地不适合生存。对生存来说，扎根落实是绝对不可缺少的吗？只要根扎住了，就会开始出现讨厌的竞争吧？假如不再考虑扎根，随沙逐流，便不会有什么竞争了吧。现在，沙漠上也开花，居住着虫子和野兽。这些生物，利用极强的适应能力，逃到了竞争圈之外。例如，他的虎甲一族……

他在心里描绘着沙子流动的姿态，有时甚至被一种错觉攫住：自己的身体似乎也开始流动起来。

三

◇◇◇◇◇◇◇◇◇◇◇

沙丘呈半月形，如同耸起的城墙围绕着村落，沿着沙丘的山脊线，男人低头挪着步子。他几乎一点都不在意远处的景色。采集昆虫标本的人，必须只对脚下方圆三米左右的地方集中全部的精力。他们尽可能不让太阳从背后照射过来，这也是必要的注意事项之一。假如背朝着太阳，自己的影子会吓跑昆虫。所以，采集家们的额头和鼻尖，老是给太阳晒得黑黑的。

男人用相同的步调缓缓前行。每踏出一步，沙子便涌上来，流到鞋子上。只要有适当的湿度，一天就会发芽的杂草，随处叉开它那浅浅的根。除此以外，再没见一丝生物的影子。如果说偶尔有什么东西飞来飞去的话，那就是闻到人的汗气尾随而来的牛虻。不过，正是在这种环境里，才能够期待有所收获。特别是虎甲一族，它们讨厌群居，最少的时候，甚至一公里见方的范围内，只能见到一只。所以，只有耐着性子兜圈子找。

忽地，他站住了，草根处有什么东西动了一下。仔细一看，原来是只蜘蛛。逮住蜘蛛可没用。于是，他打算稍事休息，席地坐了下来。风不间断地从海上吹来，眼前，细碎的白浪花，噬咬着遥远的沙丘脚。西面角上沙丘的尽头，有一座剥露出岩石表面的小高丘，面对大海突出向前。小高丘顶上，太阳光像扎成的一束箭，撒满一片天空。

火柴怎么也划不着。划了十根，十根都划不着。以丢弃的火柴为轴，沙之波浪以秒针的速度移动。他以某个沙波浪为假定目标，等它正好滚到鞋边时，站了起来。沙子从长裤的皱褶里泼撒下来。他吐了一口唾沫，嘴里沙沙的，好难受。

即便如此，昆虫的数量怕也太少了吧？也许是沙的流动过于激烈的关系吧。可灰心似乎还太早。因为理论上保证了可能性。

沙丘的山脊变得舒缓，与大海相反的一侧，有块凸出的部分。那儿看上去似乎会有什么收获，他不知不觉地走了过去。沿着舒缓的斜坡，可以看到星星点点散布着芦苇防沙墙的遗迹，再低一层，有一片台地。沙丘上整齐划一的风纹，像用机器刻下来似的，他跨过风纹，忽然视野切断，眼前是个深深的洞穴，往下望去，才知道原来自己已经站在崖边了。

洞宽二十多米，呈压扁的椭圆形。对面一侧看起来比较舒缓，而这一边几乎接近于垂直。洞口像厚厚的陶器边缘，描绘出平稳的曲线，蜷缩进他的脚下。他提心吊胆地往洞边放上一只脚，探头探脑向下张望。洞里的幽暗和周围的明亮形成鲜明的对照，洞里似乎已经日薄西山了。

洞底一片幽暗，靠着洞壁的一端，悄悄地沉陷着一间小屋子，斜斜地戳进沙壁里去似的。他觉得那屋子简直像只牡蛎。

总不该与沙的法则相反吧，然而……

他架好照相机，正在这时，脚下的沙子唰唰地流动起来。他打了个寒噤，赶快把脚收回来，沙的流动却丝毫没有停止的迹象。多么微妙而危险的平衡呵。他有些上气不接下气了，粗糙的手掌不停地在裤脚管上搓着。

忽然，耳边响起了咳嗽声。不知什么时候，一个乡里渔夫似的老头，紧挨着他站在那里。老头的眼睛一会儿瞧瞧照相机，一会儿瞄瞄洞穴底，像是鞣制了一半的兔子皮似的脸上满是皱纹，堆起笑容。眼睛充血，眼角上堆着厚厚一层眼屎。

“在搞调查呀？”

声音让风给吹散了，听上去像便携式半导体收音机里发出的单薄的声音。语调倒也抑扬顿挫，没什么听不清楚的地方。

“搞调查？”男人有些狼狈，用手掌盖住镜头，拿起捕虫网晃了晃，尽可能让老头看清楚，“说什么呀，我听不懂……我嘛，瞧，在采集昆虫。我专门采集沙地里的虫。”

“说什么？”

对方仿佛不太能领会似的。

“采、集、昆、虫！”他又大声重复了一遍，“虫子，喏，虫子！……就这样，捕虫子！”

“虫子……？”

老头疑惑地垂下眼睛，吐了口唾沫。也许还是说任凭唾沫从嘴里淌出来更正确。一阵风刮来，淌下来的唾沫，丝丝拉拉地飘在嘴边。不知他究竟担心什么。

“怎么，这附近有调查吗？”

“不，不是调查的话，就没事……”

“不是。”

老人没有点头，保持着那个动作转过身去，穿着草鞋的脚趾像是踢着地面，慢吞吞地沿着山脊线走去了。

也不知什么时候，五十米开外的地方出现了三个男人。他们穿着相同的衣服，一直蹲在地上，像在等着老头似的。其中一人，膝上绕着个东西，怎么看都像是个望远镜。不一会，加上老头共四个人，讨论起什么事来。他们轮番搓着脚底下的沙子，像在激烈地争论。

他没在意，又继续寻找他的虎甲，谁知这时，老头又慌慌张张地跑回来了：

“这么说，你真的不是县公所的人吧？”

“县公所？……你搞错人了吧……”

他觉得说得够多了，于是，粗鲁地掏出名片递了过去，老头嘴唇翕动着，费了好长时间才读完：

“哈哈哈，学校的老师啊……”

“和县公所什么关系也没有吧。”

“是呵，做老师的嘛……”

他像是好容易才弄明白了似的，老头眼角堆满了皱纹，把名片捧在胸前又走了回去。于是，那三个人也像满足了似的，站起身子走开了。

老头一个人，又跑了回来。

“我说，这以后你打算干什么？”

“干什么，就是寻找虫子嘛。”

“可是，回去的公共汽车已经收车了……”

“该有地方可以住下吧？”

“你住下？在这个村子里吗？”

老头的脸上抽动了一下。

“这里不行的话，我就走到邻村去住。”

“走着去……？”

“反正也没什么大不了的急事……”

“别，别，也没什么麻烦事……”老头像是忽然变成了乐善好施的人，嘴里喋喋不休地说着，“就像您所看到的，这里是个贫穷的小村子，也没有您瞧得上眼的建筑。

只要您觉得可以的话，打听打听跑跑腿儿什么的，我都可以帮你的忙。”

看来不像有什么恶意。但他们像是时刻提防着什么事——大概县公所的人预定要来调查吧。眼下，警报解除了，他们不过是几个善良的渔夫而已。

“能拜托你，那太好了……当然，我会支付报酬的……我呀，喜欢住老百姓的家里……”

四

日薄西山，风稍稍柔和了一些。男人在沙丘上徘徊着，直到再也分不清沙地上刻着的风纹为止。

囊中简直没有可称得上收获的东西。

直翅目的短翅螽斯和肥螋。

半翅目的黑条红椿象，还有一些叫不出名字的，看来也是椿象一类的小虫。

目标类的鞘翅目昆虫，有杨干象和长角象鼻虫。

最要紧的虎甲一类，却一只也没撞入眼帘。因此，也能说，可以愉快等待明天的战果了……

疲劳在眼睛的深处，变成淡淡的光点漂散开来。他情不自禁地站下脚，眼睛紧紧盯着幽暗沙丘的表面。任何活动的东西，在他眼里看来，竟都成了虎甲。

那老头果然按约定在渔业联合组织门口等他。

“十分感谢……”

“没事，没事，只要你满意就行……”

渔业联合组织的办公室里像在开会，四五个男人，围坐成一圈，正在大声说笑。大门正面挂着个大横匾，上书“爱乡精神”。不知老头说了一句什么话，说笑声戛然而止。像在催促他似的，老头站起来就往外走。贝壳铺的道路，在幽暗中泛起了朦胧的白光。

老头带着他去的人家，是在村子角落，与沙丘山脊线连成一体的一个洞穴。

沿着山脊线内侧的一条小道向右拐，再走了几步，老头便在黑暗中蹲下来，拍着手大声叫起来：

“喂，婆婆——！”

脚下黑洞洞的，只看到有盏油灯晃晃悠悠地出来，又传来一声回答。

“这儿，在这儿呐……那稻草包旁边有梯子……”

果然，那沙崖不用梯子是怎么也下不去的。崖顶几乎有屋顶的三倍高，即使用梯子也不是轻轻松松下得去的。白天所看到的那斜坡应该没这么陡，而眼前，斜坡几乎接近于垂直。梯子也是令人胆战心惊的绳梯，还破旧不堪。一旦失去平衡，绳梯会悬在半路上别别扭扭打起弯来的。简直就像住在天险之中。

“您别客气，好好休息吧……”

老头没有下去，回身走了。头上的沙子哗哗而下，像下雨一般。尽管如此，男人还是感到好奇，像回到了少年时代。更让他惊奇的是：刚才老头叫的那“婆婆”，原以为一定是上了年纪的老大娘，谁知打着灯前来迎接的女人，看上去不过三十岁上下，还是个身材娇小、好看的女人呢。也许是化了妆的缘故吧，她有着海边女人少见的白皙皮肤。她兴冲冲出来迎接，掩饰不住激动的样子，首先就给人一种依靠感。

本来，要不是这女人的举动殷勤，这种屋子他是肯定忍受不了的。也许还会觉得受人愚弄，立刻掉转身子返回呢。屋子里墙皮剥落，代替隔扇门的是一条草席，柱子歪歪斜斜，窗子上全被钉上了木板，地席也快腐烂了，走在上面像踏在潮湿的海绵上，发出咕吱咕吱的声音。晒焦的沙子蒸腾起一股怪异的气味，在屋子里弥漫，久久不散。

然而，所有一切都让人兴致勃勃。女人的举动使他情绪很放松，他甚至对自己说，这一夜可真是难得的经历呀。弄不好，还能撞上什么有趣的虫子呢。说什么这里也像是昆虫乐于居住的环境。

预感果然没错。那女人刚叫他坐下，门厅尽头暖炉的周围，便发出哗的下雨般的响声。一看，原来是大群的跳蚤。可这种事吓不了他。昆虫采集人是经常有所准备的：他在衣服内侧喷上了 DDT 药水，露在外面的部分，等临睡前再涂抹一些防虫药膏便没事了。

“我去准备饭，这时间……”女人拿着灯，略微欠了欠身子说，“请您暂时在黑暗里忍一忍。”

“灯，只有一盏吗？”

“是呵，真不巧……”

她尴尬地笑了笑，左脸颊上浮起个小酒窝。除了眼睛以外，倒是一张让人觉得可爱的脸蛋儿。可那眼睛，也许是患了眼病吧。红红的眼角，似乎有些溃烂了，再怎么化妆也遮掩不住。睡之前，该上点儿眼药……

“说起吃饭，我更想先洗个澡……”

“洗澡？”

“没有吗？”

“对不起，请您后天洗吧。”

“后天？后天我早就不在喽。”他禁不住哈哈大笑起来。

“是吗？”

女人背过脸去，脸上浮起痉挛的表情。她失望了吧。真是乡下女人，毫不掩饰。他觉得有些不好意思，频频地舔着嘴唇。“没有澡盆，弄点水冲一冲也可以呀。我呀，浑身上下全是沙子……”

“水嘛，不巧只有一铅桶……离水井又太远了……”

瞧她一副战战兢兢的模样，他也就不好再说什么了。况且，不一会儿，他就醒悟到，其实就是有水冲冲身体，也起不了什么作用。

女人端来了饭菜。红烧鱼加上鲜贝汤。的确是海边风味的菜，这倒可以吃得惯，奇怪的是，他刚开始用餐，女人又跑过来为他撑开一把大伞。

“怎么回事，这个……”难道是这地方的特别风俗吗？

“呵……不撑伞，沙子会掉进去的哟，饭里面……”

“怎么会？”他惊讶地仰起脸望着天花板，看不出有开着的口子。

“沙子呀……”女人也陪着一起望向天花板，“会掉下来的哟，不知道从哪里……一天不去打扫，会积起一寸那么厚呢。”

“屋顶坏了吧？”

“没有，刚铺好的新屋顶呀，老样子，沙子会不停地钻进来……真的，真可怕，也没办法，比啃木头的虫还讨厌……”

“啃木头的虫？”

“是在树上开洞的虫子哟。”

“那，是白蚁吧。”

“不，不是，是这么大小的，皮很硬……”

“呵，这种虫哇，是天牛……”

“天牛？”

“红兮兮的，触须长长的那种吧？”

“不，古铜色的，米粒的形状……”

“是嘛，那就是松吉丁虫喽。”

“你要随它去，这么粗的梁，不久就会软棉花似的烂掉。”

“松吉丁虫咬的吗？”

“不，我说的是沙子……”

“什么？”

“那沙子不知从哪儿进来的，迎风的恶劣天气，一早一晚各一次，要是不去弄掉天花板上的沙子，那沙子便积得很厚，天花板肯定承受不了的……”

“这倒是的，天花板上囤积沙子，情况不妙呀……可是呢，沙子会腐蚀房梁，这说法好没道理。”

“不，真的腐烂了哟。”

“可沙子，本来是干燥的东西呀。”

“但是，真会腐烂的……听说一双新买的木拖鞋，沾满沙子放着不动，半个月不到便会散架哟。”

“好没道理。”

“木头会腐烂，沾在一起的沙子也会腐烂哇。……被沙子埋没的房子，挖开天花板瞅一瞅，那里会出现相当肥沃的泥土，连黄瓜也种得出来……”

“哪可能！”男人歪着嘴，粗暴地打断，仿佛自己心中沙子的印象，被无知亵渎了一样，“我呀，对沙子还是小有研究，比较清楚的……怎么样，沙子这东西呀，一年四季都流动不停呀……这个，流动的特点才是沙子的生命呀……说什么会在一个地方停住，那不可能……就是在水里，在空气里，它都是自由自在活动着的……所以，普通的生物在沙子里扎不了根，也就活不下去哟……就连腐败菌也是……是呵，话说回来，沙子像是清洁的代名词哟，所以它该有防腐的作用，说什么被沙子腐烂掉了，真是岂有此理……更何况，太太，您还说沙子本身也会烂……首先，沙子那东西呀，明摆着是矿物质嘛。”

女人的身子僵硬了，无言以对。女人撑着的伞下，男人像受人催促似的，不作声地草草扒完了饭。伞的表面已积起一层沙，用手指都能在上面写出字来。

即使这样，这番湿漉漉的感觉也着实让人吃不消。当然，不是沙子湿漉漉，而是自己的身体湿漉漉。风在屋顶上吼叫。他想掏香烟，一摸，口袋里也净是沙子。点火之前，似乎已经觉出香烟的苦涩滋味来了。

他从杀虫瓶里倒出虫子，想趁虫子还未僵硬之前，用大头针把它们固定好，把脚的形状对齐。外间的水槽旁，传来女人洗碗的声音。……这房子里，怕是没有其他什么人住吧？

女人回来后，一声不吭地在屋子角落里铺床。这里让我睡了，她自己究竟要到哪里去睡呢？当然，帘子的那边有里屋。其他地方也没见有像样的房间。可是，主人睡里屋，却让客官睡大门口的屋子，这种做法可真让人无法理解。说不定，里屋有一个动弹不得的重病人躺着呢？……

也许吧。真的，还是这样考虑来得自然。首先，一个女人家不可能特地来接待一个萍水相逢的男客官。

“家里，别的人呢？”

“别的人？”

“你的家人……”

“不，我就一个人呀。”女人也像想起了什么似的，赶忙腾起生硬的笑声，“真的呢，沙子弄的，连被子都这样潮潮的……”

“那你丈夫呢？”

“呵，去年一场大风……”她把铺好的被子茫无目的地拍了又拍，拉了又拉，看来是想岔开话题，“大风嘛，这附近可厉害着呢……沙子呼呼地，像瀑布一样喷流下来，你稍一发愣，一晚上可堆起一丈、两丈呢……”

“两丈，就是六米吧……”

“那时，真的，任你怎样‘清沙’，根本就赶不上。我丈夫说了声鸡窝有危险，就和读中学的女儿一起赶了过去……我有我的事，我得看住正房吧……就这么一去不归，好容易挨到天亮，风也小了，我赶过去一看，鸡窝连个影子都没有了……”

“都给埋掉了？”

“嗯，彻彻底底……”

“真够厉害，可真叫人害怕……沙子这东西……真够厉害……”

忽地，灯给吹灭了。

“是沙子哟。”

女人趴下，伸展开四肢，一边笑一边用手指弹了弹灯芯。不久，灯又点上了。女人还是那么个姿势，盯着灯上的火焰，脸上浮起做作的微笑。他觉得这女人大概是为了将酒窝显露给别人看，才故意堆出微笑来的吧，他不由得身体僵硬起来。正因为刚刚才说到身边人的死，眼下这情景更令人生出淫乱之情来。

五

“喂，又给你多拿来一个人用的空罐头和铁铲子呀！”

也许用上了麦克风吧，声音听上去有距离感，却很清晰，打破了紧张的气氛。接着咣当一声，传来铁皮制品互相撞击落地的声音。女人立即作出反应，爬起身来。

像是感到内疚似的，他觉得有些焦虑：

“怎么，不是有人嘛！”

“是呵，胡说的……”像有人胳肢她似的，女人扭了扭身子。

“可刚才真的听到说‘多拿来一个人用的’呀。”

“呵……那个，那个嘛，说的是客人您呀。”

“我？……我凭什么要铁铲子之类的东西？”

“没关系，您可别在意哟……真是多管闲事，那些家伙呀……”

“哪里搞错了吧？”

女人没有回答，用膝盖支着，转过身子下了地。

“客人，您还用灯吗？”

“这个嘛，有了当然好……你那边，要用？”

“不，我嘛，反正是干熟了的活……”

女人戴上了像是插秧用的斗笠，像滑行一样，倏忽消失在黑暗中。

男人歪着头，重新点上一支香烟，他怎么也想不通。站起来，他想悄悄地去看一下帘子那边的屋子。那里确实有一间屋子，但没有地板。代替地板的是沙子，它们描绘出柔软的曲线，像是从对面墙壁缝里落下来的。他禁不住毛骨悚然，呆呆站立，愣着动弹不了。……原来这屋子的一半已经死了……已经被不停流动的沙子的触手，掏空了一半内脏……除了平均 1/8 mm 以外，连自身形状都不具备的沙子……还没有任何东西敢于面对这个无形的破坏力……或许不具备任何形态，才是力的最高表现吧……

他立即又回到了现实。这个屋子不能住人，那么，那女人究竟打算睡在哪里呢？板壁那边频频传来女人颠来跑去的声音。手表上的指针指着八点零二分。这种时候，她还有什么事可做呢？

他想去找口水喝，下了地。摸到水缸处一看，水缸底部还有一点水，红红地泛着铁锈斑的颜色。尽管看起来不干净，但总比嘴里沙沙的要好一点。他又用喝剩下的水，洗了把脸，擦了擦颈脖子，心情好多了。

泥地间的下面，吹进来凉飕飕的风。外面像是更容易忍耐一些。他钻过被沙子埋住、已经拉不动的拉门，来到了室外。从上面道路吹下来的风，的确很凉爽。乘着那风，传来类似摩托三轮车引擎的声音。再侧耳一听，人声鼎沸，也许是心理作用吧，怎么听起来远比白天要活泼热闹得多。该不会是海浪的声音吧？空中，沉甸甸地笼罩着星星。

大概注意到了灯光，女人回过头来。她正熟练而灵活地用铁铲往石油桶里灌沙子。对面，耸立着黑乎乎的沙壁，像要压倒下来似的。那上面，就是白天寻找虫子时徘徊过的地方吧。两个石油桶已经装得满满的，女人两手提着走了过来。走过他身边时，她眼皮朝上翻了翻，鼻子里瓮声瓮气哼出一声“沙子呀……”往里侧的路，就是挂梯子的那个地方，倒出石油桶里的沙子。她用毛巾擦了擦汗。周围，搬来的沙已经堆成老高一堆。

“你在清沙吧？”

“老是干，没有个头哇……”

这回走过他身边，她那空着的手像要胳肢他一下似的，伸到他的侧腹来。他一惊，急忙闪开，差一点把油灯给弄掉地下。他拿不定主意，就这样继续拿着灯呢，还是把它放到地上，回敬她一个胳肢呢？可惜，还没等想清楚就要逼着他选择，他踌躇了。结果，“保持现状”获胜，他还是把灯拿在手里，连自己也不知道有何意义的浅笑，使他的脸僵住了。女人又抓起铁铲，他步履蹒跚地朝她走过去，女人的身影，映在沙墙上，他逐步靠近，那身影便布满了整个沙墙。

“糟了。”她背着身子，上气不接下气地说，“大网篮来之前，还得搬六桶呢……”

男人的表情冻住了。好容易压下去的情绪，这会儿又被强行拨弄起来，真没劲呀。可似乎与他的意志无关，血管里有什么东西随意往上涌着。简直像沾在皮肤上的沙子，渗透到了血管里，从内侧剥落着他的情感似的。

“那好，我也来帮个忙吧。”

“好吧……多少都可以，第一天就开始，真过意不去……”

“第一天就开始？……往后还要干这种事……我可是只在这里待一晚上哟。”

“是吗……”

“我可不是闲散的人哇……来吧，把那铁铲给我，给我！”

“客官您用的铁铲，就在那儿呀……”

果然，靠近门口的走廊上并排放着一把铁铲和两个有把手的石油桶。这一定就是刚才有人叫“多拿来一个人用的”，从道路上扔下来的那些铁玩意儿。他觉得这安排准备也出色过头了，自己像被看透了似的。说是这么说，可是，究竟有什么地方被人看透了呢，连他自己都还搞不清楚。反正，一想到这种过于轻视人的做法，他便觉得阴森森的，好没趣。铁铲的杂木手柄上，闪着黑乎乎油腻的光，还结着许多粗大的树瘤。他几乎丧失了伸手去抓的勇气。

"你听，大网篮已经到隔壁人家来了哟。"

女人的声音蹦了出来，像是没注意到他在犹豫。蹦出来的声音里，还带着先前所没有的信赖感。经她这么一说，刚才一直听到的鼎沸人声，真的已经来到近旁了。整齐的呼吸声，短促的叫声，重复了好几遍。忽地又传来混合着轻轻笑声的低话，不一会儿，又是一片叫喊声。劳动的节奏，立刻使他情绪轻松起来。在这个朴素的世界里，暂时留住的客人也都手握铁铲，其实，也没什么大不了的。令人奇怪的倒是他自己的犹豫不决，到底是怎么回事呵。他在脚边掏了个小沙窝，把摇摇欲坠的油灯放了进去。

"随便在哪里都可以，只要挖沙就行了吗？"

"不能随便在哪里……"

"那就在这边，行吗？"

"尽可能从崖边笔直挖下去。"

"所有的人家，都在这个时间'清沙'吗？"

"是呵，夜里沙子潮湿，活容易干呀……沙子一干，会从上面……"她仰望天空，"不知什么时候，又会从哪里落下来……"

他也抬头一看，嚯，沙檐挂在崖边上，像雪一样沉重厚实地凸出在外。

“不危险吗？”

“不打紧。”她发出近乎撒娇的笑声，“瞧，雾上来了……”

“雾？……”

经她这么一提醒，果然，不知何时，一片星星变得模糊昏花起来。连起来的薄膜似的东西，在天空和沙壁的分界线上，不规则地打着旋儿，开始了毫无方向的移动。

“沙子也吸足露水了嘛……浸过盐水的沙子，再吸饱了露水，就会像浆糊一样凝固起来的呀……”

“岂有此理……”

“是的嘛，海岸上退潮以后，连坦克车也能平稳地开过呢。”

“有那么回事吗……”

“真的哟……所以，一到夜里，那凸角就会一点点大起来呢……风向不好的日子里呀，真的呢，有这么大一块，像蘑菇的伞似的垂下来……一到下午，干燥了，嘭地全掉下来了……要是掉得不巧，掉在细细的柱子之类上面，那立即就会被压垮……”

女人的话题，范围很窄。可是，一旦进入她自己的生活圈子，马上就会带来令人刮目相看的活泼。这大概是往女人心里去的通道吧。当然，那通道并没有什么特别诱人的地方。女人的话具有弹性，甚至能令人感到厚厚劳动裤[①]底下隐藏着的肉体。

终于，男人也用卷了口的铁铲，尽全力地铲起脚下的沙子来。

① 日本妇女劳动、防寒穿的裙裤。前后片相对，穿在长和服外。

六

第二次把石油桶搬完时，上面的道路传来了叫声，马提灯晃来晃去。女人用怪冷淡的语调说：

“是大网篮！客人，这边可以了，那边再帮忙弄一下！”

他这才了解到嵌在梯子之上的稻草包的用途。那里放下一根绳索，把大篮子吊上吊下。平均四人一组管着大篮子，全部大概有两三组。大致上由年轻人组成，干起活来麻利，还有些得意忘形的样子。一组大篮子装满，下一组大篮子已经准备好了。一共吊了六次，这才把隆起来的沙堆铲平了。

“真了不得，那些家伙们。”

男人用衬衫袖子擦擦汗，说话口气里充满了好意。青年们对他的帮忙，谁也没说一句戏言，只是一个劲儿利索地干活。他对青年们抱着好感。

“是呵，我们村里提倡‘爱乡精神’哇……”

“什么精神？”

“热爱乡土的精神哟。”

“这可不错!”

男人一笑，女人也跟着笑。连她自己也不太明白为什么要笑。

远处传来三轮摩托车疾驰的声音。

“好吧，来歇一会儿吧……”

“不行，不行，兜一圈后，大网篮马上又要来的……”

“可以了嘛，其他的明天……”

男人顾不上多说，拔腿就要往屋子里去。女人没有一点想跟着回去的样子。

“那可不行哟。房子周围全得兜一圈弄干净……”

“兜一圈?”

“就是嘛，房子给压垮，谁也抵挡不住哇……沙子呀，不管从哪里，都会飞下来的……”

“全干完的话，怕是到天亮也干不完喽。”

谁知女人仿佛受到刺激一般，忽地弯下腰跑了过去，看样子又回到崖下，继续干她的活去了。他觉得那动作简直就像虎甲要的花招似的。

既然明白了这层意思，也就别去上那个当了吧……

“真傻呀，每晚都这么干吗?”

“沙子可不会休息……大网篮、三轮摩托也是整夜出动的呀。”

“这倒也是呵……”肯定是那么回事。沙子是决不会休息的。男人茫然不知所措。一个念头使他困惑，就像本来不以为然，若无其事地踩了一脚蛇的尾巴，谁知这蛇竟意外地大。注意一看，蛇头竟然在自己的身后。

“可每天这样干，简直就像为了清沙而活着似的嘛！”

“但也不能趁夜晚逃走吧……”

男人越来越惊慌失措。他决不想和这种生活沾边。

“可以嘛！……不是很简单嘛……只要想逃，什么时候都成嘛！”

“没那么容易哟……”女人的呼吸合着挥铲的动作，毫不在意地说，“村子能有今天，都是我们这样拼命清沙的结果哟……真的，假如我们都置之不理的话，那么，不出十天这村子就会给全部埋掉喽……接着，就该轮到里面那些村子了……”

“这可是令人钦佩的美谈哇……怪不得，那些大网篮朋友才那么卖力呀。”

“他们嘛，每天到村里去领工资的……”

“有这笔钱，为什么不去好好地修筑防沙林带呢？”

“计算下来，还是现在这办法来得便宜呢……”

“办法？……还说是办法！”他忽地来气了。先是气束缚女人的势力，进而又气被束缚的女人，“这样辛苦，干什么非得赖在这种村子里呢？实在想不通……沙子这东西，非同小可，所以，要是谁以为能抵抗沙子，那才叫异想天开呢。毫无意义！这种毫无意义的事，别干，别干了……完全不值得同情！”

男人把铁铲子往抛下的石油桶上一扔，瞧也不瞧一眼女人的表情，径自回屋里去了。

久久难以入睡。他侧耳倾听着女人的动静，刚才那般忿忿不平，结果，只不过是对束缚女人的那股势力表示出妒忌，他还不得不多少抱着些愧疚：刚才那番态度简直像催促女人放下手里的活，悄悄跟他一起上床似的。事实上，他的情绪激动，看来并非单纯针对女人干的傻事。似乎还有什么不知底细的原因。被子越来越潮湿，沙子越来越多地黏附到皮肤上来。太不正常，太古怪了。所以说，就是丢下铁铲子，也没有责备自己的必要。他没理由承担这份义务。即使不这样，必须承担的义务已经相当多了。就这样，自己被沙和昆虫吸引而来，最终似乎只剩下一条路：逃出这种义务的繁重和无所作为……

难以入眠。

女人颠来跑去的动静，无休止地继续着。大网篮好几次凑近，又走远了。这样听下去，会妨碍明天工作的。本打算明天天一亮就起床，可以整整工作一天呢。谁知越想睡头脑反而越清醒。眼睛开始阵阵刺痛起来。眼泪、眨眼都无法抵挡不间断落下的沙子。他掸了掸手巾，把脸包起来。呼吸不畅，但还是比沙子落得满脸要好。

想些别的吧。他闭上眼睛，几条像喘息般流动的长线飘浮了过来。它在沙丘上活动，哦，是风纹呀。大概是因为一直盯着看了半天，在眼底深处留下了烙印吧。那沙的流动消亡，吞噬了多少昔日繁荣的都市，甚至大帝国。罗马帝国的，是叫萨布拉塔的吧……后来欧玛尔·海亚姆[①]歌唱过的，叫什么镇来着……那里有裁缝铺、肉铺，还有杂货店，还有许多决不会移动的道路，像网眼一样交织，哪怕想改动一条道路，也非得经过镇公所好几年的辩论……没有人会怀疑它的“不移动”，那个古镇……但最终它无法战胜直径 1/8 mm“流动的沙”的法则。

沙……

站在沙的一方，有形的东西均成了虚无。确实存在的，只有否定一切形状的“沙的流动”。可是，薄薄的板壁那一边，女人的清沙仍然在持续着。用女人纤细的臂膀，究竟能做什么呢？简直是拨开水流建房嘛。既然在水上，就应该依据水的特性造船才对。

这个想法，忽然把他从女人清沙的声音，那奇怪的强制压迫感中解放了出来。水上行舟，沙上也该能行舟嘛。如果摆脱对房子的固定观念，那就没有必要浪费精力，去同沙子作无谓的争斗。沙子上漂浮的、自由之船……流动的房子，无形的村镇……

---

① Omar khayyám，11 世纪波斯数学家及诗人，代表作有诗集《鲁拜集》。

当然，沙子不是液体。所以不可能期待它有浮力。软木塞似的东西，即使比沙要轻，但任意放置，也会自然地下沉。在沙上漂浮的船，必须具有一些不同的性质。譬如像晃动的大桶形状的房子……稍微转动一下，就能把覆盖在身上的沙全部清除，立刻又爬上表面来……要是房子整体老是转个不停，那住在里面的人会感到不安定吧……那么，再来动动脑筋，把桶做成两层……内侧的桶，以轴为中心，桶底只要一直朝着重力的方向即可……内侧固定不动，只有外侧转动……就像大钟上的钟摆，摇晃的房子……摇篮之家……沙漠之舟……

于是，这些船聚集起来，不停地振动，村子和城镇……

不知什么时候，他进入了梦乡。

七

公鸡的叫声像生了锈的秋千荡来荡去的声音，他醒了。匆忙地、烦躁地醒来。他以为天刚刚亮，谁知手表上的指针竟指在十一点十六分上。这么说，原来已经是正午的光线了。昏暗是因为在这洞底里的缘故，太阳光还够不到呢。

他慌忙爬起来。脸上、头上、胸口上堆满了沙子，唰唰地掉落下来。汗凝结的沙子，牢牢地粘在嘴唇、鼻子周围。他一边用手背蹭掉沙子，一边提心吊胆地不停眨着眼睛。热得火烧火燎，粗糙的眼皮下，没完没了地流着泪。可光靠眼泪来冲洗涂抹着眼屎的沙子，显然是不够的。

他要一些水，下了地往水缸处走去。忽地，他听见帘子那边传来睡眠中的呼吸声，这才想起了女人。男人忘记了眼睛的疼痛，屏住了气息。

女人赤裸着全身。

泪水模糊了视线，女人看起来像影子似的浮在眼前。她仰面躺在地席上，除了脸以外浑身一丝不挂，左手轻轻地搭在中间细而绷紧的下腹。一般人要遮没的部分，她那样毫无顾忌地暴露，但谁都毫不在乎露在外面的脸，她却用手巾盖住。显然那是为了保护眼睛和呼吸道的吧，而这种对比，更加明显地表示出裸体的意义。

她身体表面，敷上了一层纹理细密的沙膜。沙子遮盖起细部，夸张了女人的曲线，看起来，简直就是个用沙镀了一层金的雕像。“噗”地从舌头里侧喷出来一股黏乎乎的唾沫。他咽不下这口唾沫。嘴唇和牙齿之间积存的沙子，吸饱了唾沫，满满地涨了一嘴。他赶忙把唾沫朝泥地上吐去。可随你怎么吐，嘴里还是沙沙的弄不干净。嘴里就是空空的，沙子也照样留着。简直就像牙齿之间，不断制造着新的沙子。

幸好缸里的水新补充到了缸口。他漱了口，洗了脸，像是又活过来了似的。他还从来没有像现在这样，痛切地感到水的重要。沙子虽然是矿物质，但它却比任何生物都更能轻易地渗入体内，透明的单纯的无机物……慢慢地流进喉咙深处，他想象着吃石头的野兽……

他又回头看了一眼女人。这时他绝没有再凑近一点看的心思。让沙子裹住的女人，是视觉的，很难说是触觉的。

昨夜的兴奋和焦躁，一到天亮简直就像个玩笑。当然，它会成为暂时的好谈资吧。男人又扫视一下周围，像是用眼睛在确认已经成为回忆的东西，然后，他急不可待地收拾起行李来。衬衫、裤子里都灌满了沙子，沉甸甸的。但他并不介意。要从服装的纤维里完全抖落沙子，比完全刮掉头上的头皮屑还要困难。

鞋子也埋到沙子里面去了。

应该和女人打个招呼再走吧？……他想。可是把女人叫醒，反而会让她觉得羞耻。那么，住宿费怎么办呢？……回家路上，顺便去渔业联合组织的办公室，把钱交给昨天介绍自己来这里的老头，他能代为传递一下就行了嘛。

他蹑手蹑脚走到了外面。

太阳光像煮沸了的水银，沿着沙壁的边缘照射下来，火辣辣地烧灼着洞底的地面。眼前豁然敞亮，把他的眼睛都照花了，他慌忙垂下眼帘。下一个瞬间，他像是忘记了那炫目的光，眼睛直愣愣地凝视着正面的沙壁。

简直难以置信，昨天该有绳梯的地方，竟然空空如也！

作为标记的草袋子，尽管一半埋在沙里，但还能清晰地看出来。地点肯定没有记错。难道，绳梯叫沙子给吞没了吗？……他猛扑过去，把手臂伸进沙子里掏摸起来。沙子毫无抵抗地崩塌，沉陷下去。他连一根针都没找到，一次不行，再来几次，结果还是一样。……他竭力遏制住心里涌上的阵阵不安，呆呆地，又重新望了一眼沙壁斜坡的陡峭程度。

难道就没有可以攀登的地方吗？他在房子周围绕了两

三圈。临海的北侧，要是爬上屋顶，到洞口的距离倒是最短的。可即使爬上屋顶，离洞口还有十多米，而那段沙壁又是最陡峭的。再加上沉甸甸垂下的沙檐，岌岌可危。

看起来比较平缓的斜坡，只有四面，像圆锥内侧的沙壁。若按乐观的观测，有五十度左右。幸运一点的话，也许在四十五度左右。他小心翼翼，试着踏出第一步。踏出一步，滑下半步。反正努力一下，像是能攀上去。

走了五六步，似乎还过得去。然后，脚开始陷到沙子里面去了。这时再也分不清是进还是退了，渐渐地，膝盖以下全埋进沙子里，身子都动弹不了了。他索性趴在沙壁上，冒冒失失地往上攀。滚烫的沙子，把他的手掌都烧焦了。浑身大汗淋漓，那汗上沾着沙子，弄得连眼睛都睁不开了。不一会儿，脚上的肌肉全麻木了，再也动弹不得了。

他稍作歇息，深深地吸一口气，他觉得自己应该爬得很高了，可他微微睁开眼睛，大吃一惊：连五米都还没到。究竟一直在干什么呢？而且，那坡度也比从底下往上看时，陡了近两倍。从那儿往上看的情景更吓人。他打算攀登上去，可怎么老像在做着陷进去的努力。头顶上，沙檐挡住了去路。

破罐子破摔，再挣扎一次，在他手伸向头上的沙子的瞬间，沙的压力忽然消失。他让沙子给吐了出来，一个跟斗翻落到了洞底。左肩着地，“咔嚓”一声，像掰开一次性筷子的声音。没感到特别疼。就像不愿被他抓出伤痕似的，细细的沙子毫无表情地唰唰流过沙壁落下来，不久便停了。即使这样，还是留下了极小一块伤疤。

害怕尚嫌太早。

他强忍着不让自己叫出声来，慢慢地回到了小屋子里。女人还纹丝不动地睡着。他一开始轻轻地、进而大声地叫起女人来。女人没回答，只是翻了个身，那样子像在说吵死了。

女人身上的沙子流了下来，他看到了她的肩膀、手臂、侧腹和腰的一部分肌肤。但现在实在不是偷看女人的时候。他走过去，掀掉她脸上的手巾。脸上一块块斑，和沙子包裹的身体比较起来，活生生的，令人毛骨悚然。昨晚灯光下她的肤色分外白，原来那是化妆的关系呀。眼前那白白的粉东一块，西一块地剥落，像一块块秃斑。他觉得那秃斑，像不用鸡蛋清裹的便宜货炸肉排，那令人意外的白，大概是真正的小麦粉吧。

总算，女人怕见光似的微微睁开了眼睛。男人一把抓住女人的肩膀摇起来，像恳求似的一口气说：

“喂，没有梯子喽！究竟怎样才能上去？没梯子，那么高，哪能爬上去？”

女人慌慌张张地捡起手巾，没料想，她竟狠命地往自己脸上掸了两三下，然后，唰地别转身去，低下了头。这是害羞的动作吧。那也太不看场合了。男人大声叫嚷起来，话语像大坝决口似的冲出来：

“不是开玩笑！不把梯子拿出来，我可要倒霉了！我事情很急！究竟藏哪里去了？开玩笑也得有个分寸呀，快拿出来！”

然而，对方不回答。摆出相同的姿势，只是把头一个劲地左右摇晃。

忽然，男人的身体僵硬了。他视线模糊，对不准焦点，还呼吸困难，不停地抽搐起来。他猛然醒悟到自己的盘问其实毫无意义。是呵，那是绳梯……绳梯，自己的力量是竖不起来的……即使把绳梯弄到手，从下面也是无法挂上去的。这么说来，难道撤走绳梯的不是女人，而是别的什么人，从道路的上面把绳梯给拆走的吧……被沙子弄脏的邋遢胡子，迅速开始寒伧显眼起来。

这时，女人的动作和沉默，不知不觉充满了一种恐怖的气氛。尽管他想着“不可能”，可心里深处却一直转着的不祥念头，终于落实了下来。明摆着，那绳梯是在女人明明知道的情况下被撤走的。女人是货真价实的同谋犯。当然，这种姿势也不是羞耻之类模糊不清的玩意儿，而是不论怎样的刑罚都嫌太轻的、罪人或牺牲品的姿势。完全中计了。他被关进了蚂蚁的地狱之中。他被妖气十足的虎甲引到这没有退路的沙漠上来，就像饥寒交迫的小老鼠。

他跳起来，跑出门口，再一次往外看。风来了。太阳几乎在沙坑笔直的顶上，烤焦的沙子上，冉冉升起模模糊糊濡湿的薄膜似的雾气。沙壁越来越高，威严地耸立着，仿佛板起脸孔来教训他说，用肌肉和关节来抵抗是毫无意义的。热浪刺激着他的皮肤。气温骤然升高。

突然他发狂似的大叫起来。他不知说什么好，那叫喊成不了句子。只是发出声音而已，他用足全身的力气拼命地叫喊。好像这样这个噩梦就会退却，睁开眼睛，为料想不到的失态道歉，把他从沙坑底部抛出去似的。叫喊不出的声音又细又弱。声音半途被沙吸入，被风吹散，所以根本就吃不准那叫喊声究竟能送到哪里。

猛然响起一个可怕的声音，塞住了他的嘴。正像昨晚上女人说的，北边的沙檐，失去了水分，散了架，嘭地掉落下来。房子整个儿被强行扭曲了似的，发出了哀婉的悲鸣。然后，柱子和墙壁之间，稀里哗啦，痛苦地溢出一些灰色的血来。男人包了一嘴的唾沫，浑身颤抖起来。简直就像他自己被砸碎了一样……

但即使这样，也还是不可能的事。实在是过于超出常规了。自己有正经的户口，有正当的职业，老老实实地缴纳税金，还持有医疗保险证。难道允许把这种正正经经的大人，当成老鼠、昆虫似的张网捕捉吗？简直不敢相信。恐怕有什么误解吧，肯定有误解。除了说是误解，没有其他可想的了。

首先，做这种事能起什么作用呢？我可不是牛马，不可能违背个人意志，强迫我劳动呀。假如，起不到劳动力的作用，那么，把我囚禁起来可就没有任何意义了吧。对那女人来说，也不过多一张白吃饭的嘴，多一些自找的麻烦而已。

可是……为什么，就是无法确信……瞧着一点点勒紧似的围住他的沙壁，他不情愿地想起刚才攀登时惨遭失败的情景……他一味地挣扎，没有任何效果，只有全身麻痹似的无力感……这里也许是受到沙子侵蚀，不适用约定俗成规矩的特殊世界吧……要疑惑的话，材料不知有多少……譬如说，为他新准备了石油桶和铁铲子，假如这是事实的话，那么，趁他不知道拆掉绳梯也一定是事实。此外，那女人不作一句申辩，那老实的态度令人觉得可怕，她的沉默，表明她安于活生生当牺牲品的现状，更反衬出事态的严重性，难道不能这样考虑吗？这么说来，昨晚，女人反复提到的那些话，似乎都以他会永远待在这儿为前提，看来也许并不是单纯的口误那么简单。

接着，又来了一次小规模的沙崩。

男人心神不定地返回小屋中。他笔直走到女人身旁，女人仍然低着头，男人像装了弹簧似的噌地抡起右臂。无处发泄的感情，在眼睛的深处，扭着身子跳来跳去。但忽然像虚脱了似的，特地抡到半空的手臂慢慢地落了下来。打裸体女人一记耳光，也许能出一口气。但是，这难道不是按照对方设计的情节在活动吗？对方也像等着挨一下似的。所谓惩罚，不外是承认自己与罪恶有牵连。

他背过身，像陷进去似的坐在门槛上，抱着脑袋，不出声地呻吟起来。他想把囤积在嘴里的唾液咽下去，但喉咙口一个劲儿地拒绝，他不知如何是好。喉咙口的黏膜，似乎对沙子的味道和气味特别敏感，时间再久也无法习惯。唾液成了满是泡沫的褐色疙瘩，从嘴唇里喷出来。吐掉唾沫，嘴里更明显地感到满口皆是粗糙的沙子。他极想把沙子吐出来，用舌头尖舔着口腔里侧，不断地吐着口水，简直像无底似的。最后，嘴里空荡荡的，竟火辣辣地刺痛起来，像是要发作炎症似的。

事情已经做了，也没办法追问。但至少要对女人说，让她再详细地把事情说一说。只要搞清楚事态，自然也就能找出对付的办法了。不可能没有对付的办法。怎么可能有这种傻事……但是，不管你怎么说，女人要是坚持一言不发你怎么办呢……只有这个是最令人恐惧的回答。然而，似乎充分具有这种可能性。女人的这个顽固的沉默……这种卑躬屈膝、完全无防备的活牺牲品姿势……

低着头，浑身赤裸的女人后背，看上去十分猥亵，活脱脱一副野兽状。甚至好像能抓住子宫翻个面似的。然而，就在这一闪念之际，极度的屈辱感使他快要窒息了。不久后，他成了虐待女人的狱卒，那身影在女人涂满了沙子的屁股上映照了出来。明白了……反正是那么回事……而且，到那天，你便丧失了发言权……

忽然，一股针刺般地疼痛，掏挖着他的下腹。膀胱快撑破了，耳朵深处开始闹响。

八

小便完了以后，男人像泄了气的皮球，呆呆地站在滞重的空气中。然而，时间的推移，并不能带来什么期待。只是无论如何下不了返回屋子的决心。那女人身边，该是多么危险呀，一离开，这种感觉更加明显。不，其实问题不在于女人本身，而在于那种俯首不语的姿势吧。他还从没有看见过这种丧魂落魄的样子。绝对不能返回。说来说去，那种姿势实在太危险了。

有一个词叫“佯死态发作”。一种昆虫，譬如像蜘蛛那种昆虫，冷不防受到攻击，便落入麻痹的状态。崩坏的画像。被狂人占领了控制塔的飞机场。就像对于冬眠的青蛙来说，冬天不存在似的，它以为自己的静止也尽可能停止了世界上的动静。

然而，想着想着，太阳光实在太强烈了。男人下意识地激烈抖了一下身子，那动作就像从光的荆棘下抽开身子似的。他猛地低下头，抓住衬衫的领子，用力撕开。上面三个扣子，嘣的一声飞掉了。他搓掉手掌上沾着的沙子，但沙子绝不是干燥的东西，他禁不住想起昨晚女人说的话，沙子具有吸湿性，逮到什么就让什么腐烂。他剥掉衬衫，放松皮带，把空气灌进裤裆里。但他是有些小题大作了。“不快感”来得虽快，去得也快。看来沙子的吸湿性，只要接触到空气，似乎就立刻消除了魔力。

他猛地注意到自己的思考中出了一个重大错误。“对于那女人的裸体，解释也太单一化了”。即使不能说她没有一点儿想引他上钩的心思，也许那说不定，只是一种习惯，是生活上所必需的、极其平常的习惯吧。女人睡觉肯定是在黎明时分。睡眠中很容易出汗。白天睡眠，并且是在不断烧烤的沙罐子里，裸身自然也就顺理成章了。假如自己落在相同条件下，也一定会尽可能赤身露体……

这个发现，就像微风把沙子和汗渐渐分离开来一样，立刻就软化了他感情上的僵硬。过于害怕也无济于事。不是曾有过破掉几层铁格子，打破钢筋混凝土墙壁逃出去的人吗？自己怎能连去确认门是否上锁都没有，看到锁就吓成一团……男人慢慢地，迈着脚底发黏的步子，迎着小屋，走了回去……冷静下来，这次一定要从女人那，打听出所有需要知道的事情……那样冲动，又是大叫大喊，那女人沉默不语也不是没有道理的……而且，那沉默，也许只不过是她害臊的一种表现吧，自己糊里糊涂地被人看到了裸体睡相。

九

被灼热的沙子迷住了的眼，使他只感觉到小屋子十分阴暗，冷飕飕、湿漉漉的。可他立刻明白那不过是一种错觉。屋子里笼罩着一层发霉的热气，与外面不同。

可谁知往屋里扫视了一圈，女人不见了。他吓了一跳。让他莫名其妙兜的圈子已经太多了。不，哪儿都没有莫名其妙的事。女人不是好好地在那儿吗？她正背朝这边，低着头站在池子边上的水缸旁。

女人已经装束打扮完毕。和衣服配套的劳动裤，淡绿色底碎白点，似乎透出了薄荷味的伤筋膏药气味，这样一打扮，他什么话也说不出来。看来还是自己想得太多了吧。身处如此异常的环境，再加上睡眠不足，变得多少有些妄想也是在所难免的吧。

女人一只手放在水槽边上，偷偷摸摸往里瞧着似的，另一只手慢慢重复着搅拌的动作。男人把沙子和汗水濡湿得沉甸甸的衬衫猛地挥动了一下，啪地绕在手腕上。

女人回过头来，脸上布满惊恐、警惕的神色。谁看了都会觉得，她一定是以那样的表情度过了一生，那哀婉的情绪恰如其分。于是，男人尽可能装出若无其事的样子，说：

“热啊，可真热……这么热的天，衬衫怎么也穿不住啊。”

可谁知女人还是犯疑，不肯收起朝上翻起的哀告目光。她胆怯而勉强地笑着，常常打断自己正说着的话：

“嗯……真的呢……穿着衣服出汗，不久就要害‘沙斑’的……”

“沙斑？”

“是呵……皮肤会腐烂，像火烧以后留下的疤痕，火辣辣的……”

“是嘛，火辣辣的疼……那是因为湿气使得皮肤闷热的关系吧。”

“是呵，所以嘛……”女人也总算放松了下来，舌头周围也变得轻松了，“我们呐，觉得要出汗的时候，就尽量赤膊不穿衣服……反正就这副模样了，也不在乎别人怎么瞧……”

“原来如此……那我就托您个事，能帮我把这件衬衫洗一下吗？”

“好吧，明天，会送大罐装的配给水来，所以……”

“明天？……明天就麻烦喽……”男人吃吃地笑出声来，实际上他巧妙地把谈话切入了正题，“说是这么说，到底什么时候，才能请你们让我到上面去呢？……真讨厌……对我这种有工作的人来说，计划超了半天，将会带来多大的损失呀……一寸光阴一寸金呐。我可不想浪费时间呐……有一种叫做虎甲的，就是那种贴着地面噗噗飞着走的虫……听说沙地上很多，你没听说过吗？……我本打算利用这回的休假，把这种虫的新种弄到手……”

女人轻轻动了动嘴唇，可是没出声来。也许她正在咀嚼“虎甲”这个从来没听见过的名称吧。然而，男人知道得一清二楚：那女人的心扉，又重新关闭了。他禁不住央求道：

“嘿，难道真的没有和村里人联络的办法吗？……怎么样，敲敲大油桶试试看。”

女人还是不回答。以石沉落水的速度，又回到那份被动的沉默中去了。

“怎么回事，呃？……为什么不说话！”男人情绪又激动起来，好容易才憋住没叫出来，“真搞不懂……弄错了就弄错了，算我倒霉。做也做过的事，就是啰嗦个没完，也不可能从头再来。可最要不得的是你现在这副不说话的样子。常常有这样的孩子，我老是批评他们……外表看上去，好像在‘自责’，其实，这是最卑怯的方法……有辩解的话，你就赶快说出来！”

“我说……”女人扫视了一下自己胳膊肘的周围，出人意料地朗声说道，“你不都已经知道了吗？”

“我知道？”他到底掩饰不住激动。

“是呵……我觉得您知道了……”

“我知道个屁！”男人终于叫了起来，“我怎么会知道！你一声不吭，我能知道吗？！”

“可是，真的，一个女人实在维持不下去，这里的生活呐……”

“这种事与我何干？”

“是呵……所以觉得怪对不住您的……”

“对不住？”他心里干着急，舌头反而更不听使唤，“那就是说，你和他们是一伙的吗？……在陷阱里放上诱饵……像猫像狗那样，你们觉得只要有女人，谁都会往下跳吧……”

“是呵，往后渐渐就要到北风呼啸的季节了，总有些担心沙暴……”她忽地瞟了一眼打开着的木头门，在她那毫无抑扬顿挫怯生生的语调里，隐藏着一种近乎愚蠢的确信。

“别开玩笑了！没有常识也该有个限度！这简直就是非法监禁嘛……这可绝对是犯罪哟……其实也不用这么费事，想赚钱的失业者有的是嘛！”

“这里的事给外面知道可不得了……”

“是我就安全了吗？……别做梦喽！……就这一点，你们大错特错了！偏巧我不是个流浪汉……我老老实实地纳税，有正式的户籍……就现在，已经有人给警察局发了‘寻人启事’，肯定会出大事的！还不明白吗，这些事情……你究竟要我说什么才打算辩解呢？……快，去把负责人叫来……我要好好说给他听听，你们干了件多么愚蠢的事！”

女人垂下了眼帘，轻轻吐着气。就那样，沉下肩膀，身子一动也不动。简直像一条不幸的小狗，遇到了一个荒谬的难题。这举动给男人的愤怒火上浇油。

“有什么可拖拖拉拉、缩手缩脚的事？……够了吧，其实，问题不仅仅是我一个人，你不也是跟我一样的受害者吗？难道不是吗？刚才你说，这里的事给外面知道会惹麻烦的……这不就证明你自己也承认这日子不合理吗？过着这种奴隶般的生活，你还是放下那代言人的臭架子吧！……谁也没有权力把你关在这里！……快，快去把人叫来！……从这儿出去！……哈哈，懂了吧……你害怕了吧？……傻乎乎的！……有什么值得害怕的！……我跟着你……我还有在报社里工作的朋友……我们把这事作为社会问题来抓嘛……怎么样，干吧……怎么还不开口？我说过，没什么可发抖的事嘛！”

过了一会儿，女人忽然温柔地吐出一句话：

“我准备去做饭了。”

一〇

◇◇◇◇◇◇◇◇◇◇◇

他斜着眼睛瞄着女人的背影，女人正悄悄地开始削起土豆皮来。到底该不该直愣愣地接受这女人做的饭呢？男人的头脑里塞满了这个念头。

确实，眼下正是需要沉着冷静的时候……自己还没摸清对方的意图，与其横冲直撞，眼下不如面对现实，盘算切实的逃跑计划……追究不法行为当在其后……但空着肚子会丧失意志的。精神也没法集中。话虽这么说，可要是真打算拒绝现状的话，当然也应该包括吃饭，彻底地拒绝一切。一边生她的气，一边吃她做的饭，实在滑稽得很。就是一条狗，给它吃东西的时候，也会垂下尾巴的。

且慢，不能急躁……在未看清对手葫芦里究竟卖的什么药以前，应该没必要变得被动……自己可从没说过，希望白白受人恩赐的……我会一分钱不少地付给她伙食费的……付了钱，就不会有一丁点儿理亏了……电视上拳击比赛的解说员常说，只有进攻，才是最好的防御。

于是……他巧妙地找到不需忍饿、堂而皇之吃饭的借口，松了一口气……忽然，眼界敞开了，他解开了思考的结头。说到底，对手不就是沙子吗？也没有什么需要“冲破铁笼子”之类的大难题嘛。绳梯给拿走了，做个木梯子不就行了吗？沙壁太陡，就铲掉一些，让它的倾斜再平缓一点不就得了吗……只要稍微开动些脑筋，唰的一下如你所见到的……看上去也许过于简单，但真正要达到目的，最需要的就是简单的想法。就像哥伦布用鸡蛋来打比方那样，真正正确的解答，常常简单到近乎不值一提的程度。只要不怕麻烦……只要有斗争的决心……远远没有到万事俱休的地步。

女人削完了土豆，把它切成小方块，和连同叶子一齐切好的萝卜一起，倒进了灶上的锅子里。锅子是一口大铁锅。她小心翼翼地从塑料袋里拿出火柴，用完后，又用塑料袋包好，再扎上橡皮筋。淘好的米，晾在筛子上，从上面浇水下去。大概想冲掉沙子吧。锅里煮的东西发出咕嘟咕嘟的声音，屋子里飘散着带有苦味的萝卜香气。

“客人，还剩了一点水，您洗把脸吧？”

“不用……比起洗脸来，倒想先喝一口……”

“啊，对不起……喝的水我留好了。”她从水槽下拿出个塑料袋紧紧裹着的水壶说，“还温吞吞的，烧开消毒过一次了……”

“说是这么说，水缸里一点水也不剩，等一下洗碗什么的不就麻烦了吗？”

“不，饭碗什么的，用沙子擦擦就能弄干净的。”

说着，女人到窗边去抓了一把沙子，扔进手边的食器里，唰地用沙子兜了一圈，实际操作给男人看。尽管没去查看究竟有没有弄干净，但真让人觉得还不错。那些沙子，至少和他一直保持的沙子的印象十分一致。

用餐仍然在大伞之下。汤煮蔬菜加上烤干鱼……每样都带有一点沙子的味道。他想，要是把伞吊在天花板上的话，女人也可以一起坐下来吃饭了，可他实在没有特邀她一起用餐的心情。粗茶，颜色挺黑，却淡而无味。

吃完饭，女人又回到水槽边，把塑料布顶在头上，在那下面偷偷地吃自己那份。那背影令他想起蝼蚁。难道她打算把这样的生活一直继续下去吗？……从外面看起来，也许只有巴掌大小一块土地，可是站在洞底看，满眼皆是无边无际的沙子和天空。像幽闭进眼中的单调生活……这之中，女人一定没有半点听别人说怜悯话的记忆吧……能够照顾落入陷阱的男人，说不定她会像年轻姑娘似的，心里“扑扑”跳个不停呢……太凄惨喽……

他被一种诱惑攫住：真想叫那女人一声，对她说几句话。他想先抽根香烟做个铺垫。看来塑料袋是这里不可缺少的生活必需品。火柴总算勉勉强强点上火，可香烟简直抽不起来。他用力吸了一口，两颊的肉都快深深嵌入后牙之间，这才算吸到一点烟味。这烟也是油脂味特强，只给舌头带来刺激，决不能算吸烟。那香烟完全破坏了情绪，别说铺垫了，再也提不起开口的精神了。

她把弄脏的碗筷收集起来堆放在地上，用慢吞吞的动作把沙子往那上面堆好，难以启齿似的说：

“客人……过一会儿就得清扫天花板上的沙子了……”

“清扫沙子？啊，好吧……”男人随口应道。他想，事已至此，与自己有什么关系呢？……房梁腐烂了，还是柱子断了，这一切都与我毫不相干。

“妨碍你干活的话，我挪个地方吧。”

“谢谢您……”

别装腔做势！情绪浮躁，就像啃了一口烂洋葱似的，可自己为什么不给她个白眼呢！……女人以习惯了的动作、无表情的麻利，将毛巾对折捂住脸的下半部，在后脑勺上打个结。把小扫帚和木板夹在胳肢窝里，攀上了壁橱内的隔板，那壁橱只剩下半扇纸门了。

“请听我讲一个老实中肯的意见吧，我觉得，这种房子还是推倒了痛快。”

突然，他脱口尖叫了一声，连他自己对那叫声也感到吃惊，女人更是一副吃惊纳闷的表情，回过头来。原来，她还没有彻头彻尾地成为蝼蚁……

“不，我可不是只对太太生气……我气不过这种阴谋手段，他们以为加一把锁就可以把一个人关起来。你听懂了吗？不要紧，你没听懂也没关系。那我就来讲个滑稽事情给你听听吧……以前，我家里养过一条杂种狗……浑身长满厚厚的毛，到了夏天，它也丝毫不脱毛……看一眼都让人厌烦难受，所以，我一狠心都给它剪了……终于都剪完了，正准备把剪下来的毛扔掉，谁知那条狗忽然哀叫起来，谁也不知它打什么主意，只见它一口叼起扎成一束的毛屑，迅速往自己的狗窝里跑进去……恐怕它觉得那些毛屑也是它身体上的一部分，这才难舍难分吧。”说着，他偷偷瞟了一眼那女人的表情。女人不自然地拧着身子弯着腰，纹丝不动。“算了，不说了……人呐，谁身上都有一条在别人身上行不通的歪理……想扫沙也好，想做其他事也好，都请自便，尽管去做。可我是绝对忍受不了的。已经够多的了！反正我立刻就想走……你可别小看哟……要是有这份心思，从这里逃出去也是小菜一碟……正好香烟也断档了……”

“香烟的话……”女人结结巴巴、老实巴交地说，“等一下来送水的时候……”

“香烟？……我说了要香烟？”男人禁不住扑哧笑出了声，“问题不在于此……我说的是毛屑哟，毛屑……还不明白哇？为了那些毛屑，实在是冥河边上堆石头[①]，于事无

① 根据佛教传说，先于双亲死去的孩童为追忆父母，想在前往冥府途中的河滩积石造塔，但石头一垒起来，就被妖魔破坏掉。

补呀。”

女人不作声了。既不像有心思回嘴，也不见有辩解的动静。过了一会儿，等到她确认男人已经不说了，她又慢慢挪动起身子来，简直像什么事也没有发生过似的，又开始了她手里的活。她抽掉壁橱天棚的盖板，用手肘撑着钻进上半身，笨拙地手忙脚乱地爬了上去。这边、那边，到处都吊下来一条条细线，落沙开始了。他感到这天花板里面像是有什么稀奇古怪的虫……沙和腐烂的木材……哦，够了，全是怪事，已经太多喽！

不久，天花板的一角，沙子转眼变成了几根带子，咕嘟喷吐出来。与它流动的激烈程度相比较，周围显然过于静悄悄了，总让人觉得有些不对劲。眼看着地席上映现出一层浮雕，和天花板上的缝隙、洞孔的位置、大小都一模一样。沙子的气味直呛鼻子。还渗到了眼睛里。他赶快逃到外面。

啪的一下，他觉得自己从头到脚，都融进了突然喷火似的一幕里。然而，身体的芯，无论如何也融化不了，残留着冰棍似的东西。看来内心还是感到了愧疚。像野兽一样的女人……没有昨天，也没有明天，像一颗点一样的芯，这是个自以为可以把他人像擦掉黑板上的粉笔灰一般抹得不留痕迹的世界……他做梦也不会想到，现代社会里竟还有这样野蛮的行径。好啦，不说喽……他从受惊中缓过劲来，总算可以喘一口气，这份愧疚也并不那么坏。

可他不能马虎大意。要尽可能在天黑以前干完。他眯细了眼睛，在熔化的玻璃似的热气笼罩下，目测着波浪起伏的沙壁。每次看都觉得它像是又增高了。但是，自己并非违背自然把平缓的斜坡弄成陡坡，只是把陡峭的斜坡弄成平缓的就行了。没有什么可犹豫徘徊的。

最有效的，不用说是由上往下切削而去。但这样不行的话，那就只有从下朝上挖了。首先在下面随意地挖一个洞，等待沙子从上面滑落，下面再挖，上面的沙子再滑落……这样反复地做下去，脚下的沙子就会渐渐增高，什么时候总能到达上面吧。当然，半路上也有被沙流冲走的危险。可不管沙子怎样流动，它肯定与水的流动不一样。还从没听说过人被沙子淹死的事呢。

铁锹和油桶并排靠在外墙上。铁锹圆圆的头被磨得锋利无比，像打碎的濑户陶器的破口，闪着白光。

他开始拼命挖起沙子来。沙子是那样地顺从，任务好像能够完成。只听见铁锹插进沙子的声音和自己的喘息声，时间一分一分地逝去。谁知没过多久，手腕的疲劳便开始低低地发出警告。他觉得已经挖了够多了，然而，却没有任何效果。滑落的沙子，老在眼鼻子底下打转，只有一小部分。头脑里所描绘的那单纯的几何学流程，怕是什么地方完全搞错了吧。

趁着不安还没有深入内心，也算休息一下，他决定先做个洞穴模型来确认一下。反正材料有的是。他挑了屋檐下的一片阴凉地，挖了个五十厘米大小的坑。可是，不知为什么，侧面的坡度老是达不到预想的角度。最多只有四十五度……平口研钵的程度。他再从底下掏挖，沙子沿着斜面滑落，那坡度却依然原封不动。看来沙子有一种稳定的角度。粒子的重量与阻力正好取得了平衡吧。要真这样的话，那么现在他正挑战的这堵墙壁，也该是这种角度的倾斜吧？

不，不可能有这种事……就算是眼睛的错觉，也不可能……不管怎样的斜坡，由下往上看，当然要比实际情况差得多。

而且，还得考虑量的问题吧？……量不同，自然，压力也不同……压力不同，重量与阻力的平衡，当然也会发生变化。沙粒的构造也许也有问题。就拿红土来说，自然开采的红土，与填土的红土，抗压能力可是完全不一样的。进一步嘛，还得考虑湿度……也就是说，模型很可能是别的法则在起作用。

说是这么说，可这实验绝不是浪费时间。哪怕只搞清了沙壁的倾斜“过于稳定”这一点，也算是一项了不起的收获了。要想使“过于稳定”的状态趋于“稳定”，一般来说，并不是太困难的事情。

“过于饱和”的溶液，只要稍微摇一摇，立刻就能回到饱和点，使结晶沉淀。

忽然，他觉得背后有动静，回过头去一看，不知什么时候女人已经站在门口，目不转睛地朝这边望着。到底有些隔阂，她慌慌张张，单腿往后退了一步，像求救似的，轻轻挪开视线抛向别处。顺着她的视线望去，在男人背后东侧的沙壁顶上，毕恭毕敬地排列着三个脑袋，正往下朝这边张望呢。毛巾围在脸上，嘴以下全部罩住了，一点看不清，可他总觉得昨天那个老头也在里面。猛地，男人拉开了架势，回过神来，决定不去管那些人，自己管自己继续干活。那些家伙的注视，驱使着男人投入了工作。

汗水顺着鼻梁滴下，流进了眼睛里。没有擦汗的工夫，他干脆闭着眼睛挥动铁锹。手绝对不能停下来。瞧这等实在的速度，那些呆子，就是再不愿意也得承认自己的轻薄。

他看了一下表。把表面在裤腿上擦了擦，拂去沙子一看，才二点十分。他忽然想起刚才看表的时候，也同样是二点十分。顿时，他失去了对速度的自信。用蜗牛的眼睛来看，也许太阳也像棒球那样飞速移动吧。于是，他又拿起铁锹，对准沙壁，重新冲了上去。

忽然，沙子的流动加快了。橡皮筋般，四下扩散的沉闷声响，绵软无力地向他的胸脯压过来。他想看看究竟是怎么回事，竭力往上张望，这时已经分不清哪是上哪是下了。叠在一起的黑色呕吐物周围，勾勒出一层模糊的淡乳色晕圈。

第二章

一一

叮铃　叮铃　叮铃　叮铃
什么声？
铃之声

哗啦　哗啦　哗啦　哗啦
什么声？
鬼之声

女人小声嘟哝似的唱着歌。她在清除水缸里的污垢，一边不厌其烦地重复着相同的句子。

歌声一停，这回是淘米的声音。男人轻轻地叹了一口气，翻了个身，期盼似的浑身紧绷等待着……再过一会儿，女人会端着盛了水的脸盆来给我擦身吧。沙子和汗水浸泡的皮肤，已经到了快发炎的地步了。只要一想到冰凉的、濡湿的毛巾，他就禁不住要打寒战。

被沙子打倒，昏厥过去以后，他一直就这么躺着。最初的两天，他被接近三十九摄氏度的高烧和持续的呕吐困扰着。再过一天，烧退了，食欲也恢复了些许。要问究竟怎么会倒下，与其说是沙崩所致，不如说是由于长时间受阳光直射，不停地干那种还没习惯的体力活造成的。结果，并没有什么大不了的伤病。

也许是这个原因，所以恢复起来也快。到了第四天，腿上、腰部的疼痛感几乎都消失了。第五天，除了还有些疲惫感觉以外，再没有什么可以称得上自觉症状的了。然而，他还是赖在床上，装成个重病人，不用说有他的理由和打算。当然，他并没有放弃逃跑的计划。

“客人，您醒了吗？”

传来了女人怯生生的声音。他把眼睛眯成一条细线，透过劳动裤，偷偷打量着那圆圆的膝盖。他没有说话，只用一声叫唤来作回答。坑坑洼洼的黄铜脸盆里，女人边慢慢绞毛巾边问：

“身体好点了吗？”

“是呵，怎么说呢……”

“给您擦擦背吧……”

筋疲力尽，身子任凭女人摆布，大概因为他把生病当作借口，眼下的无力也自然而然。似乎读过这样的诗，得了热病的孩子梦见了冰凉的银纸包裹住了自己。被汗水和沙子涂抹得快窒息的皮肤，立刻凉了下来，又恢复了呼吸。女人身体上的气味，变成一股微妙的刺激飘散着。

然而，他当然不是完全原谅了女人。钉是钉，铆是铆，大致得有个区别。三天的休假老早就过去了。已经到了现在这地步，再心急慌忙怕也来不及了吧。最初的计划，弄坍崖，让倾斜度变缓，说是计划失败，倒应该说是准备不足。要不是那被称作“日晒病”的不测事态作梗，那事情本该能做好的。只是挖沙这件事，实在是一项比想象激烈得多的劳动，要是有出色技巧的话，这种方法无疑是最有效的。于是，当他回过神来的时候，首先想到的就是以这场假病来作战。

神志恢复过来的时候，男人发现自己还睡在女人的家里，心里真有些不痛快。村子里的家伙们甚至没有一点安慰他的表示。他体会到这点，而自己这头也有打算。他们连医生也不给叫，这边也就故意找麻烦，用出乎意料的方法，让对方觉得后悔。女人半夜里干活的时候，自己呼呼大睡。相反，白天女人必须休息的时候，他就故意拼命地喊疼，不让女人好好睡觉。

“很疼吗？”

“疼死喽……还是背脊骨，好像脱臼了……”

“我给您揉揉看吧？”

“岂有此理！让生手不当心扭坏了，那还了得？背脊骨的神经可是命根子哟。我死了，看你们还有什么打算！该你们发愁了吧？去叫医生，叫医生！疼死喽……疼死喽……不快点去叫可就来不及了！”

女人不堪事态的重负，不久一定会变得筋疲力尽。干活的能力下降，甚至给建筑物的安全带来威胁。对整个村落来说，这可是严重的大问题呀。劳动力算不上，还拖进来个添麻烦的种。不把他赶快撵走，将来可就无法收拾了。

然而，这个计划也没有想象的那么顺利，在这里，夜晚比白天活泛。隔着墙可以听到铁锹的声音……女人的呼吸……男人们搬动大网篮的叫声、咂嘴声……一下子都给风吸了进去，变成模糊含混的声音。三轮车的呻吟……远处狗在叫……越是努力想睡着，反而越是精神抖擞，兴奋得睡不着。

夜里睡不足，白天免不了要打盹儿。更令他担心的是：他的忍耐力老是半途而废。那是因为他老相信，这个计划失败了，还会有什么后路存在。打那以后，又过了一星期……已经快到提交“搜索申请书”的时候了。头三天是请了假的。可之后完全是无故旷工。那些本就对别人行动神经过敏的同事们，对这事绝不会放过。恐怕当晚，某位性急的就会偷偷地去他家窥探。让西晒太阳烤得发烫的房间，一个煞风景的房间，房内腾起一股酸腐气味，告诉着来人“家里的主人不在”。访问者也许对从这个洞穴里解放出来的好运气的住户还抱着本能的嫉妒呢。于是，第二天，充满挖苦意味的谣言，紧蹙的眉头、添上了讽刺歪曲的手指之类的东西，通过交头接耳的方式传播。理所当然……就是他本人，内心也并非没有一点期待。事实上，他曾希望通过这次有些怪异的休假，把那种效果传达给同事们……实际上，让教师这种嫉妒虫缠上的东西也实在很少见……学生们每年都像河里的流水，从自己身边越过，奔流而去，只有教师必须留下来，像深深沉在河底的石头。"希望"只是对他人说的东西，而不是自己所梦见的东西。他们感到自己像破烂，落入孤独的自虐趣味之中；要不然，就是不断告发别人的越轨行为，沦落为疑心深重的"有德之士"。过于憧憬自由自在的行动，变得不得不憎恨自由自在的行动……是个事故？……就算是事故，也该有个联系吧……那么，是自杀？……瞧，还是惊动警察呀！……那个老实的男人，你可不要对他估计过高哟……是喽，是喽，他是自己为所欲为才失踪的，别人没有必要去多管闲事……可是，掐指算来，大约一星期了……实在是个惊扰别人的男人呐，他到底在想些什么，谁也不知道……

虽然不知有没有人真正来关心，事出蹊跷，也至少有看热闹的人，他们的好奇心，一定像忘了摘下的柿子似的熟透了。结果，自然而然，教务主任为了打听搜索申请书的填写方法，准备上警察局去查问。端正严肃的脸背后，小心地收藏着兴趣盎然的表情……“姓名：仁木顺平。三十一岁。一米五十八，五十四公斤。头发稀少，大背头发型，不用头油。视力：右0.8，左1.0。皮肤浅黑，面孔长。眼睛和眼睛的距离较近，鼻梁低。下颌方，左耳下方有一明显黑痣，除此以外再没有可称之为特征的东西了。血型AB。舌头不灵活，说起话来含糊不清。内向型，顽固，但人际关系没有特别不好。服装，大概是采集昆虫时穿的工作服，上面贴的正面照，是两个月前拍的。”

村落里的人，敢于如此无理地冒险，当然该有大致的预防对策吧。乡下的巡逻警只有一个或两个，没必要笼络。就是难得来看一次，村落里也一定会收拾得天衣无缝。可是，这样的烟幕弹能起作用，所必需的，说到底就是他那健康的身体，只要耐得住“清沙”的劳动即可。在床上躺了一星期的重病人，似乎已没有冒险去隐藏的价值了。如果肯定起不了作用，在未形成麻烦之前迅速地抽出手来，不失为聪明的举动。现在还交代得过去。如果硬说男人不当心掉了进去，因受惊而导致陷入非分的妄想，比起中计而被幽闭等等非现实的控诉，这种显然更合情理的说明，一定更容易被接受。

像是牛的喉咙里发出了硬塞进马口铁哨子的声音，远处，公鸡啼鸣了。可是，在沙子的洞穴中，既没有距离感也没有方向感。但是，这声鸡鸣昭示着，除了这里，外面有正常的世界，孩子们在路边踢着石子玩耍，时间一到，黎明也会如往常一样到来。这么一说，连炊饭的香气里，也渗进了黎明之色。

另外，女人擦拭身体的方法，也特别仔细，仔细得过分了。先用濡湿的毛巾粗粗地擦一下，然后，用力把毛巾绞得像木板似的干硬，简直像要刮掉玻璃上的雾气似的猛擦。那份有节奏的刺激，暗示着早晨的到来，慢慢地开始诱导他进入难耐的睡眠。

“话说……”嘴里像有一把钳子正不顾一切，要撬开嘴唇似的，他拼命咬紧牙关，忍住哈欠，“怎么样，我好久没看报纸了，能弄一份来看看吗？”

“是吗……过一会儿，我先去问问。”

男人很清楚女人想表示诚意。从女人那客气的、怯生生的声音调子里，到处都能感觉到，她小心翼翼，生怕破坏了他的情绪。然而，这种调子，更使他气不打一处来。“我先去问问？”……难道没得到许可，连看报纸的权利都没有了吗？……男人一阵冲动，他真想大骂一场，甩开女人的手，把盛着水的洗脸盆打翻掉。

可是，这种时候发火，只会乱了自己的方寸。一个重病人，不会为区区一张报纸而大动肝火的。他确实很想读报纸。没有风景，至少也想看看风景画吧，这也是人之常情嘛。他曾经在哪一本书上读到过：风景画在自然风景欠佳的地方畅销，报业在人际关系稀薄的产业地带发达。而且，正巧碰上的话，报纸上还会刊登寻人广告。运气再好一点的话，说不定还会被写成“失踪启事”，装饰在社会版的一角。村里的家伙们，大概不会轻易将载有这种启事的报纸递过来吧。反正，现在最要紧的是忍耐。

说实在的，假病也并不好受。简直像手里紧紧握着快要弹开的发条似的。不可能一直这样忍耐下去。听其自然可是大忌。必须让他们彻底明白，对他们来说，自己的存在是多么沉重的负担。今天无论如何不能让女人睡一分钟！

（别睡着……睡着了可不成啊！……）

男人蜷曲着身体，夸张地呻吟起来。

一二

在女人撑着的伞底下，他舌头火辣辣的，吮吸着放了海草的杂烩粥。汤碗底部残留着一层沙子。

不久，记忆中断了。接着，他跌入了长长的、令人窒息的梦境。在梦里，他骑着一根用旧了的一次性筷子，在一个陌生的街道上飞翔。骑着一次性筷子，就像骑在小摩托车上，一点也没有不舒服的感觉，可是稍微放松一点，立刻就会失去飘浮力。街上，近处是砖红色，越是往远处去，越是出现朦朦胧胧的绿色。这种颜色的搭配会勾起人们异样的不安。总算到了兵营似的一溜儿排开的木造建筑物跟前。那里飘着便宜肥皂的气味，他把快要出溜下去的裤子往上拎了拎，拾级登上楼梯，进了个只放着一张桌子的空荡荡的房间。十多个男人、女人围坐在大桌子边，像在玩一种游戏。正面那个男的，正在按顺序发着一组牌。发完牌的同时，那人哇地大叫了一声，把剩下的最后一张牌猛地放到男人面前。他莫名其妙地接下了，那不是一张纸牌，是一封信。那封信软乎乎的，摸上去手感好奇怪。

捏住信的手指一用力，里面竟喷出血来。他凄惨地叫了一声，睁开了眼睛。

肮脏的雾气遮住了视线。他一翻身，只听到干燥的纸张的沙沙声，原来是一张摊开的报纸，盖在了他的脸上。妈的，又睡着了！……他一把掀开，覆盖在报纸表面的沙子洒落了下来。从那个量来估计，好像已经过了相当长的时间了。太阳光从墙壁的缝隙里射进来，它那位置也报告说眼下已接近正午。更令人奇怪的，这气味是怎么回事呢？是新的油墨气味吗？……他心里想着“哪儿可能”，可还是往日期栏上扫了一眼。十六日、星期三……还真是今天的报纸！简直不敢相信，但是事实。原来是女人顺从了他的希望呐。

垫被吸足了汗，湿漉漉的，他支起一条胳膊，撑起上半身，杂七杂八的念头在脑子里打转转，特意弄来的报纸，他也只是粗粗地扫了一眼版面。

日美合同委　追加议题否？

……究竟那女人是怎么弄到这份报纸的呢？……大概村里的家伙，对他多少有些感到愧疚了吧？……即使如此，按以往的惯例，吃过早饭后，对外的一切联络都应该中断了呀。难道女人还有他所不知道的、与外界保持联系的方法吗，或者，是她自己外出买回来的吧，就只有这些可能了……

对付交通瘫痪　须有根本对策

但是，等一等……如果女人出去过了……没有绳梯是无法想象的。不知道到底用了什么方法，但至少可以肯定，她用过绳梯……他浅浅地做一推算，该有这么回事吧……一个只盘算逃跑的犯人姑且不说，而那女人是村里的居民，要是被剥夺了自由，她才不会忍气吞声呢……撤去绳梯，看来只不过是为了关闭生人而采取的临时措施……要真是的话，就这样保持现状，让她放松警惕，或许什么时候又能撞上同样的机会呢……

洋葱里有治疗放射能障碍的有效成分

看起来，我的假病作战，像是又一次要添上意想不到的附录了。俗话说得好："因果报应躺着等。"……然而，心怎么一直高兴不起来。还剩下些怎么也解释不通的东西。是那个可怕的，连胃也得积食的奇异之梦在作怪吧？……肯定是因为担心那封危险的——为什么会危险，谁也不知道——信。究竟在暗示什么呢？

不过，对梦里的事，没必要一件件细加体会。他说什么也得将开了头的事干下去。

女人和往常一样，隔着围炉的背面，躺在地席的门槛处；她从头到脚盖了一件洗褪了色的浴衣，抱着膝盖缩成一团，轻轻地打着鼾。打那天以后，她不再裸体睡觉了，可浴衣之下仍然没穿衣服。他迅速地瞄了一遍社会版和地方栏。当然，既没找到“失踪报道”，也没看到“寻人启事”。这是早就预料到的，所以，他也没有灰心丧气。他悄悄地起了床，下到了泥地房间。男人也只穿着人造丝的短裤衩，上身完全赤裸。确实，这种打扮，人要舒服得多。短裤衩的绳子勒进腰部，腰部周围蓄着沙子，只有这部分红红的，还起了炎症，刺痒痒的。

他站在门口，抬头望望沙壁。亮光渗入了眼睛，周围燃起一片黄色晕圈。不用说没有人影，也没有绳梯。没有是当然的。只是想看一眼，确认一下而已。没有一点吊放过绳梯的痕迹。本来嘛，这股大风，再深的痕迹，不用五分钟便被吹得一干二净。外面，紧靠门口处，沙壁的表皮像流水般，没完没了地剥落。

他走回屋子，躺了下来。苍蝇飞来了。是小小的，浅粉色的果蝇。什么地方也许有什么腐烂的东西吧。他捧起枕头边上那个用塑料纸包好的烧水壶，润了润嗓子，叫醒女人：

“你能不能起来一下……”

女人身体一抖，啪地跳了起来。浴衣唰地滑落下来，胸部以下裸露了出来。往下吊着的匀称乳房上，透露出青青的静脉。她慌慌张张把浴衣拉拢来，视线在空中飘移，像是还没有完全醒来。

男人一下子不知如何是好。本来想好就看眼下这一着了，但难道能够声音粗暴地去盘问她绳梯的事情吗？……看来还是应该轻声柔气地，借口感谢她拿来报纸而委婉地向她打听。假如是以打搅对方睡眠为目的的话，那肯定得用激烈的攻击性态度。要找个为难她的借口俯拾即是。但特意假装重病人的计划也就不攻自破了。实在很难说那种态度像个脊椎脱臼的重病人。在这里所必须做的，是要让他们认为自己作为劳动力是不派用处的，至少要让那些人放松对他的警惕心。他们给他送来了报纸，现在要想法子使他们已经软化了的心，更加没有抵抗力。

谁知，事与愿违。

“不，我怎么出得去。偶然，以前预订的防腐剂，农协的人给送来了……我就试着问了一下哟……可是呀，这个村子里，订报纸的人家很少，真的只有四五家呀……所以，他们特地跑到镇上的小卖店去买来的……”

确实，偶然的一致也不是没有可能的。然而，这简直就像关在笼子里的人，站在没有配钥匙的大锁之前。就连本地人，都必须习惯忍受幽闭的话，这沙壁的险峻也就不一般了。男人激动起来，紧紧咬住不放：

“有这种事……你……是这里的主人吧？……你可不是小狗吧……自由地进进出出，该不会有什么事吧！要不就是你做过荒唐事，在村里人面前抬不起头来吧？”

女人那惺忪的睡眼，忽地睁得大大的。那目光直逼他的眼睛，那是红红的充血的眼睛。

“不，哪有什么见不得人的事！”

“那么，你也用不着抖抖索索嘛！”

“可就是去了外面，也没有什么可干的……”

“走走路也好嘛！”

“走走路？”

“是呵，走路哟。……就是走路兜兜圈子也够了哟……在我来之前，你也常常自由地出去散步吧？”

“可是，没事出去走走，不还是累得慌……”

“别说玩笑话了！你好好问一下自己的心，不会不知道吧！……即使是条狗，老把它关在笼子里，它也会发狂的嘛！”

“去过的呀……”忽然，女人用沙哑的没有抑扬的声音说，好像闭合上的两片蚌壳，“真的呢，经常走动的呀……直到来这儿之前……还抱着孩子走了很长时间……实在累得走不动了……”

男人冷不防吃了一惊。全是奇谈怪论。谈到这个话题，连他也没有回话的自信了。

是呵……在十几年前的那个废墟时代，人人都狂奔着去寻找不用走路就能解决的自由。那么，眼下果真能一口断定“不用走路就能解决的自由”已经让人们腻烦了吗？就说你吧，不是也被那种幻想对手的捉迷藏所拖累，受引诱到了这沙丘附近来的吗？……沙……1/8 mm 的无限流淌……它抓住了“不用走路就能解决的自由”，是底片中阴阳相反的自画像。一个孩子即使再向往远足，当他迷路的一刹那，也会大声哭泣的。

女人语气一改，用快活的调子说：

“您情绪好多了吧？”

挪开猪一样的脸吧！男人真有些火了，真想强行扭住她的胳膊，把她摁倒在泥里。只不过想想，皮肤上就起了鸡皮疙瘩，哗啦哗啦响起了揭掉干乎乎浆糊的声音。因“扭住胳膊”一词，皮肤展开了随心所欲的联想。忽然，女人同背景分离了开来，只剩一个轮廓存在着。二十岁的男人，靠观念发情。四十岁的男人，靠皮肤的表面发情。可是，对三十岁的男人来说，变成轮廓的女人最危险。……简直就像抱住自己似的，可以毫无顾忌地抱住吧……但是，女人的背后生着许多眼睛……女人被那视线之丝操纵着，不过是受操纵的娃娃……要是抱住了女人，这回可就要轮到你被操纵了……“脊椎脱臼”，撒了个大谎，立刻就会露出马脚来。已经过惯的生活，难道就此断送了吗！

女人匍匐着凑近过来。圆圆的膝头往男人屁股上，肉鼓鼓顶了过来。睡着的时候，女人嘴里、鼻子、耳朵、腋下，还有其他凹下的地方，那发了酵的、像晒热的水似的气味，浓浓地渲染了开来。渐渐地，客客气气地，火一样的手指，沿着背脊骨上上下下活动起来。男人全身僵直了。

忽然，女人手指绕到了男人侧腹。男人发出一声尖叫：

“好痒呀！”

女人笑了。既像调情，又像难为情。实在太唐突了，以至他一下子来不及反应。她究竟在打什么算盘？……是故意的吗，还是手情不自禁地打起滑来了呢？……刚刚还是睡眼惺忪，好容易才把她弄醒，可这会儿……这么说来，第一天晚上，和她擦身而过时，碰到了侧腹，女人也发出了怪笑声……那个动作，对女人来说，有什么特殊的意味吧？

要不然就是女人压根儿不信他有病，为了证实疑问，她也许以此来试探吧……有可能……不能糊涂。女人的引诱，原来是糖衣炮弹。也许不过是食肉植物布下的罗网，或是撒下“暴行”丑闻的种子，接着，恐吓之锁，就会来捆住他的手脚……

一三

汗水像蜡烛泪般地融化了。毛孔里浸满了汗水。手表停了，不知道时间，说不定洞穴之外还是白天吧。可是，在这二十米深的洞底，已经是黄昏了。

女人还睡得很熟。大概在做梦吧，手脚扑扑地轻轻颤动。刚才盘算着要去捣乱她的睡眠，到现在还未开始。连他自己，也已经睡得足足的了。

他撑起身子，皮肤上受了风。翻身的时候，脸上盖着的手巾险些掉在地上，耳朵根、鼻子的两侧，嘴角都粘着沙子，厚得都能刮下来。他搽好了眼药，用手巾的一角捂着，一定要如此重复好几次，眼睛才能像平时一样地睁开。然而，这眼药再过两三天也将要告罄。单为这事，也该尽早地分出个青红皂白来。他像穿了件铁衣服，睡在磁石做的床上，身体十分沉重。他费了好些功夫，才把焦距对准，借着门口射进来的微弱光线，把视线移到死苍蝇脚似的铅字上。

说真的，白天应该让女人读报给自己听的。那样的话，还可以打搅女人的睡眠，起到一石二鸟的效果。可惜的是，他自己竟先睡熟了。那样拼命熬着，没想到竟会如此的愚蠢。

沾了这熟睡的光，今晚又有没完没了不眠的抱怨了。合着呼吸，他试着由一百倒着数。试着仔细回忆从家门口到学校两点一线走惯了的道路。他又试着把自己所知道的昆虫，按科、目分开来排列。结果都一样，什么效果都不见，徒然增加烦恼。风掠过洞的边缘，发出含含糊糊的声响……传来铁锹插入潮湿沙层的声音……远处的狗吠之声……像烛火似的摇曳，沙沙作响……以神经末梢为目标，不间断地降下沙的粉屑……即使如此，还是得好好再忍耐一阵子。

呵，算了，将就将就吧。不过，当清清爽爽的道道青光，沿着洞穴的边缘透进来时，自己就得反过来同那濡湿海绵般的困倦作斗争。只要这种恶性循环不在哪里截断下来，不仅是手表，怕是连时间本身都要被沙的粒子弄得动弹不得了吧。

报纸上的报道还是老样子。那里即使有一星期的空白，也分不清它的踪迹。如果它是通往外界的窗口，那这窗玻璃多半是毛玻璃。

“贪污法人税，市府受牵连”……“工业巨头，建设学园都市”……“中止作业相继发生，工业总评议会发声”……“绞杀二儿，母亲服毒”……“小汽车偷盗事件频发，新生活样式催生新犯罪?”……“三年里，匿名少女送花给警局”……“东京奥林匹克运动会因经费预算产生争议”……“今又有二少女遭歹徒伏袭”……“安眠药侵扰学园青春”……“股市初寒”……“著名次中音萨克斯管演奏家保尔·杰克逊访问日本”……“南非再次发生暴乱，死伤二百八十人”……“女贼出入小偷学校，不收学费，测验合格即发毕业证书”。

没有一桩是不可缺少的事件。这里就像红砖垒起的，满是缝隙的幻之塔。本来嘛，如果净是“不可缺少”的事，那么，现实就将成为触摸不了的危险的玻璃制品了……总而言之，日常生活就是这么回事……所以，尽管谁都知道毫无意思，但家庭，仍然占据着圆规的中心。

冷不防，他看到一则报道。

十四日上午八点左右，在东亚建筑公司的工地上(横川町三十号)，正在操作的“日原组”吊车司机田代勉（二十八岁），被坍塌的沙子压成重伤，送到附近医院抢救，不久死去。据横川警署透露，因十米沙堆的下部挖掘过度而导致沙堆坍塌。

原来如此……这篇报道就是那帮家伙送报纸来的目的。他们怎么可能会来满足我的请求呢？他们就差没往那消息周围打上红框了，也算是万幸。这么说来，真有那帮叫做“黑杰克”的，专爱起哄的家伙吧……皮袋子里灌满了沙，具有和铁棒、铅棒相匹敌的打击力……尽管沙子也会流动……但水里可以游泳，而沙子却幽闭人，杀戮人……

看来自己把事态看得过于乐观了。

一四

◇◇◇◇◇◇◇◇◇◇◇◇

可是，真要作出改变作战方案的决定，还需要时间，他好一阵子犹豫。女人出去“清沙”，已经过了四个小时了吧。正是第二次搬运大网篮的男人们，结束预定的工作，准备返回三轮摩托车去的时候。他竖起耳朵，等听明白男人们不再回来后，偷偷起来穿好衣服。女人把灯拿走了，他只好摸索着到处找东西。鞋子里灌满了沙子直到鞋口。他把宽大的裤脚管塞到袜子里去，掏出绑腿带揣进了裤袋。他把自己的采集工具，归拢到门边容易够得着的地方。于是，下到了泥地间，幸好厚厚的沙子如同绒毯，他可以放心大胆地走，没有必要去顾虑脚步声。

女人拼命地清沙，目不旁顾。男人躲在房子的角落，屏住呼吸瞧着，听着：轻松挥动铁锹的手臂动作……纹丝不乱、有力的呼吸……脚下的灯，映照出她那舞动的影子……他牢牢抓住手巾的两端，用力往左右两边拉，再数十秒往外跳……瞅准她用铁锹抄起沙子往上举，重心偏离的一瞬间，他想一步冲上去袭击她。

当然不能断言没有危险。而且，说不定再过三十分钟，他们的态度会急剧变化。譬如，有县里政府官员来调查的事。一开始，村里那老头还误把他当成那个官员，脸上现出明显的警惕神色。看来政府官员的调查是最近的事。假如真的来了，村里意见不一，肯定掩盖不住他的事，也许他们会早早死心不再囚禁他了呢。然而，同样不能保证这三十分钟不会拖到半年或者一年以后。三十分钟和一年可是一半对一半的概率呀，他已经再也不想打赌了。

本来要是救援之手能够得着的话，那继续装病确实是上上策，事态会朝有利的方向发展。他之所以拿不定主意，也有这一层考虑。住在法治的国家里，期待救援是理所当然的事。失踪者往往消失在迷雾的那一头，断绝消息，也大多是出于本人的意志。而且，只要没有犯罪的嫌疑，也就不会当成刑事案件来处理，只能当成民事纠纷处理。所以，警察也不能深入去调查。然而，他可完全是两码事。他可是在死命地寻求援助。哪用得着直接听到他的声音，看到他的影子，只要到他那“失去主人”的屋子里去看看，就一清二楚了：尚未读完的书，摊开着书页……兜里揣着零钱的上班工作服……钱虽少，但最近没有取过款的存折……尚未整理完毕的、正在干燥的昆虫箱……贴好了邮票，准备寄出去购买新采集瓶的订单……一切都表示出他的意志：拒绝就此中断，想要继续活下去。访问者即使不愿意，也不得不在这屋子里听到他的哀诉。

是呵……要是没有那封信……要是没有那封傻乎乎的信……可是，有就是有了……就连做梦也知道真的有那封信，到现在还来自己哄骗自己，又成得了什么气候呢？推脱之辞已经太多。遗留品等等都已经死了。他用自己的手，扼杀了生命。

这次休假，他采取了极其保密的态度，对同事，他故意没告诉任何人自己的行踪。不仅没作声，他还有意让别人感到莫名其妙。他就是想让那些在日常灰色生活中连皮肤都发灰的家伙们发发急，这是再好不过的有效手段了。他们光是想象灰色种族中自己以外的人，具有了红的、蓝的、绿的等灰色以外的颜色，就会陷入无地自容的自我厌恶中去。

播洒炫目太阳光的夏天，只有在小说和电影中才会出现。现实里所有的只是谨小慎微的星期天：把报纸上硝烟弥漫的政治栏垫在屁股底下睡觉……盖子上缀着磁石的热水瓶和罐装汽水……排长队才能弄到手的、一小时一百五十日元的租用艇，以及波浪中涌出死鱼尸体的铅色泡沫……那么，最后就该是充斥疲劳的满员列车了……谁都清楚那种事，只是不想做自欺欺人的傻瓜罢了。所以，在那灰色的画布上，他们拼命涂抹，模仿幻之祭典。为了让别人说一句“愉快的星期天”，满脸邋遢胡子的父亲，连推带搡地轰走死缠硬磨的孩子……这是任谁都见过的、电气列车角落里小小的风景……对于他人的太阳，表现出令人同情的焦虑与嫉妒……

话虽如此，但若仅此而已的话，更不是什么值得计较的事情了，假如那个男人并未作出与其他同事相同的反应，那自己究竟会不会变得那样固执，还是值得怀疑的。

他只对那个男人寄予了一定的信赖。那个男人老是像刚洗过脸似的，眼皮肿肿的。那是个热心搞工会运动的人。他甚至老老实实地向那个人表露过对别人难以宣照的真心。

“不知怎么搞的？……自己对有根有据的教育方法，抱有很大的疑问……”

“什么，那个‘有根有据’是怎么回事？”

“就是让人把没有的东西想成‘有’，所谓幻想教育呀……所以，你瞧，沙子既是固体，但多少又具备一些流体力学的性质，我在这一点上，感到非常有兴趣……”

看来对方有些丈二和尚摸不着头脑，纤弱的驼背向前弓得更加厉害了，可那表情依然很开朗。没有一点听得厌烦的样子。有人把他叫做“麦比乌斯圈”。所谓麦比乌斯圈，就是将一条纸带绞一下，然后将纸带背面的一端，粘在纸带表面的另一端，形成一个环，即一个不分表里的空间。也许说的是那男人将工会运动和自己的私生活如同麦比乌斯圈那样联系在一起了吧。虽说有些讽刺的意味，但多少也带有些褒义。

“就是现实教育的意思吗？”

“不是，我来拿沙子打比方是因为……说到底，世界不就像沙子一样吗……沙子这玩意儿，在静止状态下，很难抓住其本质……沙子其实没有流动，只是流动这玩意儿叫做‘沙子’……我老是说不明白……”

“我懂了。实用教育里，无论如何会掺杂相对主义的要素吧。”

“不是那么回事。自己本身变成沙子……用沙子的眼睛来看东西……如果死了一次，就再也不会担心死……就再也不会横冲直撞了……”

“那是理想主义哇，老师……我觉得，老师您是不是怕学生呀？”

“可是，我呀，觉得学生也是沙子一样的东西……”

这样不相吻合的谈话，对方也没有一点心情烦躁的样子，露出洁白的牙齿，爽朗地笑了。肿肿的眼睛，藏在肉褶皱之间。男人也无奈地报以含含糊糊的微笑。这可真是麦比乌斯圈呐。不管是好意，还是恶意，都是麦比乌斯圈。仅就好的一面来说，还是值得对麦比乌斯圈表示充分敬意的。

谁知，就连这麦比乌斯圈，对他的休假也明显表示出与其他同事相同的灰色的嫉妒。简直不像麦比乌斯圈。他觉得好没趣，同时又有一股痛快的感觉。对于美德，谁都容易变得充满恶意。托他的福，想要使人着急一下的愉悦感又增加了。

于是，就有了那封信……已经发出去，收不回来的卡片……昨晚，梦里的压迫，决不是没有依据的。

他和那个人之间，若说没有一点感情，那是假话。但是只能说，他们之间是不引人注目的关系：只有当他们互相闹些小别扭的时候，才能感受到对方的存在。譬如，他说，结婚的本质概括起来说就是开垦荒地，那个人就会莫名其妙地发起火来。她回敬说，把狭窄的屋子扩扩大倒是真的。自己若是倒过来说，恐怕她一定有倒过来的回答。结婚已经整整两年零四个月了，他们之间不厌其烦地重复着拉锯战。与其说热情消失了，倒不如说他们是把热情过于理想化，反倒把热情给冻住了。

所以，他有意隐瞒自己的行踪，临时决定写信告诉她，自己要一个人出去旅行。对同事们那么有效果的休假秘密，不该只在那个人身上无效吧。虽然写上名字贴上邮票，可到关键时刻，实在觉得太傻，于是，信写好后，他原封不动地把信扔在桌子上。

这个天真的恶作剧，最终成了一把自动锁：只有丈夫一个人能打开的装有防盗装置的自动锁。很难说没有人会去注意那封信。那简直像故意留下表示自己逃亡意志的声明书。已经有人看见你在现场，你要是仔细地擦去指纹，反倒会成为犯罪的证据。这不是和愚蠢犯人的行径如出一辙吗？

机会远远离去了。到现在才来抓住那种可能性，那就只有被自身的毒所折磨了。眼下已经不能再等待有人会来帮忙开门了，只有自己撬开门，奋力出逃，这一条路可走。任何犹豫不决都成不了借口。

手指深深地扒在沙子里，隐隐有些生疼，它吊住了全身的重量，数到十就跳出去……谁知数到十三下，他还没想好，然后，他又重重地深呼吸了四下，总算下定了决心。

一五

与那份热情相比，男人的动作是缓慢的，像是被沙子吸住了似的。这时，女人已经回过头来，斜斜地拄着铁锹，呆呆地盯着男人看。

女人真要抵抗的话，结果会完全两样吧。可是，男人瞅准了目标，来了个突然袭击。男人紧张到了极点，女人也被吓得不敢动弹。她甚至想不起来拄着的铁锹可以抵挡男人一阵。

“别出声……我不会胡来……你安静一点……”

男人用僵硬的声音，小声嘀咕着，将手巾胡乱塞进了女人的嘴里。男人动作笨拙，而女人对于这些莽撞的动作竟然一点也不反抗，几乎完全听任男人摆布。

男人觉察到了女人的顺从，总算恢复了自制。他把已塞进一半的手巾掏了出来又重新塞进去，然后，在女人的后脑勺处打了个结。接着，他用事先准备好的绑腿布，把女人的两手用力反绑到背后。

“快，进屋里去！”

女人被挫得没了气性，不仅对男人的举动，而且对男人的语言也十分顺从。她脸上竟然没有一点敌意或者抗议的神色。简直像进入了一种催眠的状态。男人自己也觉得，这手法不怎么高明，谁知反而表现出了暴力的效果，夺走了女人的抵抗力。他把女人推出了泥地间。用另一根绑腿布捆住了女人的脚踝。一切都是在暗中摸索着干的，所以，以防万一，他用剩下的绳子又捆了一道。

“听好了，老老实实待在这里……只要听话，害不到你……我也在死拼……”

他仔细瞧了瞧女人的呼吸情况，然后退到门边，迅速从那儿跑出去。他抓住灯和铁锹，立刻又返回里屋。女人的脸微微朝下横躺着，合着呼吸，下巴频繁地上上下下。吸气的时候，将下巴朝前冲出，那是为了避免把地席上的沙子一起吸进去吧。呼气的时候则相反，鼻翼翕动，像是为了吹散脸周围的沙子。

“那么，请你暂时忍耐些吧。要坚持到大网篮的家伙们回来。我可是饱尝辛酸喽，比起你们对我做的荒唐事，你可没有发牢骚的道理吧。而且我还要付给你住宿费呢……不过，只有我大致推算的实际费用……可以吧……当然可以咯！……本来嘛应该不付钱的，但这就不算和你两清了，所以，我硬是要放些钱给你的。”

他抓住衬衫的领子，让空气灌进衣服里，一副精神抖擞、坐立不安的样子，他侧耳听了一会儿外边的动静。对了，似乎还是熄了灯的好。他掀开灯罩，想要吹熄灯……慢着，在这之前，再看一下女人的样子吧。脚上打的结十分牢固，连手指都插不进去。手脖子已经肿起了黑红的印子，像刮刀似的指甲也变成旧墨水斑的颜色。

塞进嘴里的东西像有些对不住她似的。那张嘴平时就无精打采，眼下更是失去了血气，被撑得很宽，单看这嘴巴，简直就跟妖怪似的。淌下的口水，把脸颊下面的地席都给染黑了。灯里的火苗每次跳动摇曳，似乎都能听见无声的喊叫。

“实在没法子，是你们自己播下的种子……”他禁不住心急慌忙，快嘴快舌地说，“互相欺骗，这下该扯平了吧？我可是人呐，不可能像狗那样能简单上一把锁……谁见了，都会觉得我这是出色的正当防卫。”

忽地，女人扭动了一下脖子，微微睁开眼睛，从眼角觑着他。

“怎么了？……想说什么吗？”

女人拘束地动了动脑袋。既不像点头，又不像摆头。举着灯凑近看，想把她那眼色瞧个分明。男人简直不敢相信自己的眼睛。那眼神既没有怨怒，也没有憎恨，只是充满了无限的悲哀，像在倾诉着什么。

难道是……心理作用吧……总而言之，眼神那玩意儿不过是语言的表达……没有肌肉的眼珠里，怎么可能还积存着表情。这样想着，男人往后退缩了几步，想去放松一下塞在她嘴里的东西，禁不住伸过手去。

可他还是缩回了手。慌慌张张吹熄了灯。大网篮的声音靠近了。他把灭了的灯，放在顺手摸得着的台阶边上，掏出水槽下的壶，喝了好大一口。抄起铁锹，藏在门口一边。汗流浃背。马上就要开战了……再坚持五分钟，十分钟……他把采集箱紧紧地拉到身边来。

一六

“喂——”

沙哑的声音叫了起来。

“在干什么啊！”

跟在后面的声音还带着稚气，富有弹性。

洞穴中，笼罩着伸手不见五指的幽暗，外面却是皓月当空。沙子与天空的分界线上，男人们的影子看上去成了模糊的一团。

男人右手握着铁锹，像趴在洞底似的一点点逼近过去。

坝上传来了卑猥的笑声。穿着钩子的绳索放了下来，要把石油桶吊上去。

“小妈妈，快一点喽，帮帮忙噢！”

这时，男人紧盯着绳索，全身绷紧跳起来，把沙子都踢了起来。

“喂，往上拉！”他使出能打穿石头的力气，十根手指牢牢抓住了打满结的绳索，扯着嗓子叫喊起来。“往上拉！

往上拉！不往上拉，这双手是不会松开的！……女人嘛，捆起来了，扔在屋里呢！要救她，就赶快把这绳子拉上去！绳子拉上去之前，我不会让你们碰那女人一根手指！……你们糊里糊涂想下来，当心让铁锹敲碎脑门心……就是上法庭也是我胜诉！我可不会手软！……快呵，怎么还磨磨蹭蹭的！马上把我吊上去，我就不去告你们，放过你们也可以……非法监禁的罪名可不轻呀！……怎么回事？赶快往上提呀！”

倾盆而下的沙子，打在他的脸上。从领口灌进了衬衫，冰凉的感觉眼见着一点点增加起来。火热的气息在嘴边燃烧。

上面像在交换意见。忽地，手上传来强烈的反应，绳索开始往上提起来。比预想的更富有弹性的重量，从手指上拔去绳索。男人用了两倍以上的力气，牢牢地抓紧……像大笑时那样，胃的周围激烈地痉挛起来，涌起泡沫喷了上来……一星期的噩梦，四分五裂飞散而去……太好了……太好了……这下可得救了！

忽然体重消失了，浮在了半空中……晕船般的感觉，唰地穿过全身，刚才扯着手上皮肤往上拖的绳索，现在毫无抵抗地留在了手里。

上面那帮家伙竟松开了手！……转了半圈，头朝下地摔在了沙地上。身体之下，采集箱发出了嘎的一声。接着，什么东西掠过脸颊飞走了。像是绳索上的钩子。真是群什么都干得出来的家伙呀。幸好没有跌伤。除了撞上采集箱的侧腹部，也没有作痛的地方。他反射般地跳了起来，摸索刚才那根绳索。老早就给上面那些家伙提去了。

“混蛋！”

男人悲切切，声音哽咽地叫喊着，

“混蛋！最终后悔的是你们这帮家伙！”

什么反应也没有。只有无声的低话，像烟雾似的在空中飘荡。听不清是敌意，还是忍住笑的嘲弄，那低语追逼着男人，令人难以忍受。

愤怒和屈辱，变成一根铁芯，从内侧硬顶住男人。手指深深抠进发黏的手掌，又叫了起来。“还不明白吗！嘴上说了不明白吧，我不是做了叫你们看嘛！我不是说过女人还捆着吗？……要是现在不马上把我拉上去，或者放根绳梯下来，那女人可就一直被捆着哟！……没人会去清沙了……好好想想吧……这里被沙子埋掉的话，为难的还不是你们吗？……沙子越过这儿，可就要开始慢慢侵入村子喽！……怎么啦？……为什么不回答！”

代替问答的只有男人们漫不经心地拖着铁锹那单调的声音，远远地离去了。

“为什么？……怎么什么也不说就走了呢？”

已经是只有他自己才能听到的微弱悲鸣了。男人浑身颤抖着弯下腰，摸索着收拾起砸坏了的采集箱。装酒精的容器上好像有了裂缝，碰到手上冰凉凉的，那感觉啪地在手指间扩散开来。男人压低声音啜泣起来。没有悲伤。他感到简直像别人在哭泣似的。

像怪谲野兽般吸住人的沙子。他拖着步子，好容易才在黑暗中摸索到了门口。他把脱了铰链的采集箱，摸索着轻轻放到地炉的边上。天空中呜呜呼啸着风声。他从地炉的角落里，掏出塑料袋裹着的火柴，点上了灯。

女人没有改变姿势，只是稍稍错开了原来的位置。她的脸冲着门口，大概想听听外面的动静吧。遇到光，她眼睛眨了一下，立刻又紧紧地闭了起来。他所受到的残酷对待，那女人究竟会怎样看待呢？……要哭就哭，要笑就笑……还不能就算输了。反正捏着定时炸弹遥控器的还是我自己呀。

男人单腿顶住女人的背后。犹豫了一下，然后，就像拔草似的除去堵在女人嘴里的东西。此时，并不是什么负疚的心情，更没有什么“可怜”“体恤”的心思。

只是疲倦极了。再这样紧张下去可受不了。而且，他仔细一想，本来就没有堵住她嘴的必要。那时，女人要是狂呼救命，反而会使那些家伙狼狈起来，或许能早些决出胜负来。

女人露出下巴大口喘着气。手巾上沾满了女人的唾液和口里的气味，沉甸甸地像只死老鼠的尸体。手巾的痕迹印在脸上青一块紫一块，不能轻易地抹掉。女人像是要展平两颊上干鱼般发硬的疙瘩，不停地重复着下颌部的运动。

“快了……”他用手指拎着手巾，扔到泥地间那边，“是呵，是呵，正在汇总意见吧。扛着绳梯正飞跑过来吧。放任不管，倒霉的还是他们那帮人呐……是这样吧……假如他们不倒霉，那也就没有必要特地张网来套住我了……”

女人咽了一口唾沫，舔了舔嘴唇：

“可是……”女人的舌头，像是还没有充分恢复功能，嘴里像塞了个大鸡蛋似的，发音含混地问，“星星，出来了吗？”

“星……星星，怎么回事？”

“星星要是不出来……”

“要是不出来，会怎样呢？你说。”

女人显得精疲力尽，讲了两句话又沉默不语了。

“怎么啦？话开了头，别在半路上停下来！你想用星星来算卦吗？还是这地方的迷信？……难道没有星星的晚上绳梯不能放下吗？……怎么回事，嗯，不说话可是什么也不知道啊！……是呵，要是一定得等到星星出来的话，那是你们的事……可要是等的时候，刮起大风来打算怎么办呢……那就不是星星所能引起的混乱。”

“星星呐……”女人的声音像从漏了的软管里挤出来似的，“星星，这种时候还不出来，不会有很强烈的大风呀……”

“为什么？”

“看不见星星是由大雾造成的……”

“说这种话，风现在不是还照样吹着吗？”

“不，那是在很高的地方，风卷回去的声音……”

听她这么一说，倒好像真是这么个理儿。星星像团团烟雾，说明风已经没有力量去吹散天空中的水蒸气了。今晚像是不会有什么大风啦……所以，村里那帮家伙们的结论也不会心急慌忙地提出吧……原以为她的话是没头没脑的蠢话，但意外地发现倒也是顺理成章的回答。

“原来如此……其实，我这头也无所谓……你们那头有这种打算，我可以奉陪打持久战的。一星期、十天、十五天，反正五十步笑百步，一回事……”

女人把脚趾拼命往里勾起来。简直像鲫鱼的吸盘。男人笑了，一边止不住一阵恶心。

究竟什么事弄得他胆战心惊呢？……制住敌人要害之处的不就是你吗……为什么不能再镇静一些，拿出观察者的风度来呢！是了，要是能够平安回去，这次体验实在有记录下来的价值。

嚯！这可让人吃惊。老师终于下定决心写东西了。还是要靠真实体验呐。听说不给皮肤一点刺激，连蚯蚓也长不大。……谢谢，实际上连标题都想好了……嘿，什么样的标题……“沙丘的恶魔”，或者是“沙窝陷阱的恐怖”……这可是相当有猎奇趣味的题材呀。可会不会给人过多不正经的印象呢？……是吗？……不管那么强烈的体验，如果只描写事件的表面，那实在太没意思了。必须写一下悲剧的主人公，就是当地人，这才能显示出一些解决的方向，否则，好容易得来的体验可就得哭喽……妈的……什么？……是哪里在清扫下水道吗？还是走廊里洒的消毒药水与老师嘴里出来的大蒜分解物，起了什么化学反应吧……说什么？……不，请别担心，刚刚写完了一些，我这号人反正也成不了作家……这又是与身份不配的谦逊，我觉得没有必要把作家看得太高。能写，就是作家了嘛……快，怎么样，天经地义，教师这种人动不动就想乱写……这就是职业习惯，那是比较接近作家的关系嘛……就是你说过的“创造性教育”那玩意儿吗？自己甚至连一个粉笔盒都没做过……所谓粉笔盒，可是非同寻常呐。仅就它能提醒自己是个什么角色这一点来看，难道它不是个优秀的创造吗？……靠了它，体尝了新的苦痛，硬是掌握了新的感觉……而且有希望。只是这份希望是真是假，我可是不负责任喽……今后的前途只有相信冥冥中的力量了。好啦，安心宽慰就到此结束，好歹教师不能容忍这样的可恶品德……可恶品德？……是作家呀。想成为作家，不过是一种利己主义的考虑，当个使唤木偶的人，想把自己同木偶区别开来。从本质上讲，它和女人的化妆毫无二致……可真严厉啊。可是，老师要是把“作家”理解为这种意思，那么，作家和所写的东西也许该有某种程度的区别吧……是吗？所以我想当一回作家呀。成不了作家，当然也就没有非得要写的必要喽！

……可是，没能讨到零花钱的孩子该会有怎样的表情呢？

一七

沙崖坝底下一带，传来短短的一声闷响，像鸟儿振翅的声音。他抓起灯，拔腿就跑出去看。只见扔下来一个用蒲叶包着的小包裹，已经不见了人影。男人随即大叫起来。不见一点动静。他拆掉蒲叶包上捆扎的绳子。不知包裹里的东西，就像装上“好奇心”雷管的炸药。他忍不住又想象开了，说不定是攀上沙崖坝顶的工具吧。那些家伙们到现在也不敢露面，只把工具扔下来便溜走了。

谁知，蒲叶包里竟是一个报纸包和一个木栓塞得紧紧的大瓶。纸包里有三盒二十支装的新生牌香烟。除此以外，简直不敢相信，什么也没有。他又重新抓起蒲叶包的一角，狠狠地抖了几下，抖落下来的只有沙子……至少他没有发现自己期待的信。瓶子里传出了高粱味，原来是烧酒。

究竟打什么主意？……是作交易吧？……听说印第安人把香烟作为友好的信物来交换。酒一般也作为祝贺的标志。难道可以认为对方有妥协的意思，以这种形式先来表示一下吗？乡下人用语言来表达心情老有害臊的倾向。也就是说，只有这点可说他们是老实人。

暂且想通了，闲话休提，先来抽口烟吧。一星期了，可真够受。他用习惯了的动作，在烟盒的商标贴纸旁开了个四角的口子，撕开包装。滑溜溜的玻璃纸手感。他用手指弹了弹烟盒底部，把香烟叩出来。捏香烟的手指轻轻颤抖着。他就着灯上的火点着了烟。深深地，悠悠地，胸膛里满满地吸进了一口落叶之香，渗透到血管的各个角落。嘴唇麻木，眼睑的内侧沉甸甸地垂下了天鹅绒的幕布。紧绷绷的晕眩，令他毛骨悚然。

他怀里紧紧抱着大瓶，那小腿怎么像借来似的，好容易支撑住了重心，他踉踉跄跄地走回了屋子。头顶上，牢牢嵌着晕眩之箍，他想朝女人那边看一眼，可无论如何也无法正面瞧她。单眼的眼角，歪斜地捕捉到女人的脸，看上去十分窄小。

“送东西来了哟，瞧……”他把大瓶高高举起，摇晃着给女人看，“想得还挺周到呢，提前庆祝，说是来干上一杯，就算他们不说……我在一开始就知道了……算啦，过去的事就让它过去吧……怎么样，你也一起来干一杯吗？”

女人紧闭双眼代替回答。到现在还没给她解开，她闹别扭了吧。傻瓜女人。给一个中听点儿的回答，也许立刻就会给她松绑。要么是她不痛快吧？好容易捉到个男人，又挽留不住，最终还得撒开手。这似乎也是个理……女人到底还是个只有三十左右的寡妇呀。

女人的脚背和脚底的交界处，显眼地有难看的细印子。他觉得莫名其妙的笑又涌了上来。女人的脚为什么这么奇怪呢?

“想抽烟的话，我来给你点上?”

“不，抽烟喉咙干……”她发出微弱的声音，摇了摇头。

“那我喂你点水喝吧?”

“还用不着。”

“别客气了。我也不是因为个人的怨恨才让你受罪的……出于作战的需要，这是不得已而为之的手段，你也该明白吧。亏得你，对方像是有些软下来了……”

“有男劳力的地方，每周一次，配给酒和香烟。”

“配给?”厩腐蝇拼命想飞起来，可实际上只是在窗玻璃上擦了下鼻尖……学名叫做 Muscina stabulans……几乎没有视力，复眼徒有其表……他毫不掩饰狼狈，尖叫了一声，

“可是有谁会需要这种照顾呢，自己自由自在地出去买不好吗!”

“可是，干的是十分辛苦的活，实在没有时间哇……再加上又是为了村子干的，所以，都是联合组织拿出钱来买的哟。”

这么说，这举动根本不是妥协，分明是劝告投降

的！……不，再往坏的一面想一想。他的存在，或许已经作为推动这里日常生活的一个齿轮，被登记上零件账册了吧。

“等一下，为慎重起见，我再问一遍，到现在为止，我是第一个倒霉的人吗？”

“不，说来说去都怪村里的人手不足嘛。……有钱人也好，穷人也好，有活干的都一个接一个地离开了村子……总之，这里只有沙，是个穷村子哇……”

“于是，怎么样……”连声音都躲在保护色里，成了沙的颜色，“除了我之外，还有什么人被逮着了吗？”

“是呵，去年初秋吧，来了个卖明信片的……”

“卖明信片的？”

“说是哪家观光明信片制作公司里的推销员，听说去了联合组织支部长的家……说是好好宣传一下的话，拿给城里人看，算是很漂亮的风景……”

“给抓住了吗？”

“正好，很多人家都缺人手……”

“后来怎么啦？”

“听说不久就死了哟……不，原本身体就不怎么结实……再加上运气不好，正碰上台风，活儿特别艰苦的关系吧……”

“这么说来，他没能立刻逃出去呀？”

女人没有回答。也许她觉得这是个无需回答的问题吧。因为逃不了，所以没有逃走……恐怕就这么简单。

“其他人呢？”

“嗳……今年年初，有个学生来卖什么书呢。”

“是个行商？”

“像是写了什么反政府的事，十日元一本，薄薄的小册子……”

“归乡运动的学生……那家伙也被抓了？”

“就在隔三间的邻居家，现在也应该在那里哟。”

“也是把绳梯拆走吧？”

“年轻人嘛，难呐，留不住哟……无论怎么说，城镇上，工资也给得高，电影院、饭店每天都开门……”

“就是说，还没有一个人从这里成功地逃出去过？”

“是呵，有个年轻人受坏孩子引诱，跑到了城里……那时，还舞刀弄枪，报纸上都登了出来……刑期一到，立刻被人带了回来，眼下平平安安地和父母生活在一起……”

“我没问你这些事！我问的是从这里逃出去没再回来的人！”

“那还是很久以前的事……全家人一齐趁夜晚逃出……不久，成了空屋子，真危险，差一点无法弥补……真的很危险哟……只要哪里有一处倒坍，那以后就像大坝出现裂痕一样……”

“你是说打那以后没有啦？”

“嗳，我想是没有了……”

“瞎扯淡！”耳朵下的血管，肿胀起来，紧紧勒住了脖子。

突然，女人把身体缩起来，摆出一副黄蜂产卵般的姿势。

“怎么啦？……痛吗？”

“是呵，很疼……”

他摸了摸女人变了色的手背。他把手指穿过结头号了号脉。

“有感觉吧？脉息很清楚……好了，没什么大不了的。对不起，有怨言的话，找村子里的负责人说去。”

“对不起，能不能替我挠一挠头和耳朵后边？”

冷不防被请求，他不好拒绝。女人的皮肤和沙膜之间，浓浓的汗像融化了的黄油。他感到像挠在桃子皮上似的。

“对不起……说真的，还没有人出去过……”

忽地，无色模糊的线条勾勒出门的轮廓，浮了出来。那是月亮。就像薄羽蜉蝣的翅膀，散发出细碎淡光。眼睛渐渐习惯了，沙子擂钵的底部，整个就如油亮的嫩芽肌肤，现出了柔润的光泽……

“好吧，那我就第一个逃出去给你们瞧瞧！”

一八

等待的时间可真难受。时间，就像蛇腹一样，弄出深深的皱纹，折叠了好几层。必须一层一层依序经过，否则就无法向前挺进。每一层皱纹，所有形式的疑惑，手里都潜藏着各自的武器。与这些疑惑论争，或置之不理，或冲撞前行，都需要非同一般的努力。

结果，呆呆地等了一场，直到天亮。清晨之光，从窗户那边射进来戏弄他，把他鼻子和额头弄得和蛞蝓的肚子一样白。

“对不起，给点儿水……”

像是打了个盹儿，只是一会儿。转眼之间，汗水出来了，别说衬衫了，就连长裤膝盖的内侧也弄得湿漉漉的。汗水上黏附着沙子，颜色也好，手感也好，都和麦粉做的松糕十分相像。他脸上，忘记了盖东西，鼻子、嘴巴都像冬天的水田，干巴巴的。

“对不起，求你了……”

女人全身被沙子涂满，像害热病似的，抖抖索索地发出了干燥的声音。女人的痛苦，像用电线连接着似的，原封不动地传了过来。他剥去水壶上的塑料布，自己先咬住了壶口。最初的半口，漱了漱嘴，实在不是一两次能漱干净的。吐出来的，几乎全是沙团。可是后来，他也不管三七二十一，把沙团和水一起咽到了胃里。简直像在喝岩石似的。

喝下去的水，原封不动地变成了汗，喷了出来。从肩胛骨到背脊，从锁骨到乳头的周围，从侧腹到腰骨的边缘，糜烂的皮肤，像剥掉一层薄皮似的疼痛。

好容易喝完了，他近乎道歉地把水壶口揿到女人嘴里。女人咬住水壶口，口也不漱，就像鸽子似的咕嘟咕嘟喝了起来。才喝了三口，水壶就空了。浮肿的眼皮底下，女人那双直勾勾盯着男人的眼睛，第一次蕴含了不可原谅的责难。空水壶轻得像纸做的。

男人想把尴尬局面支吾过去，掸掉身上的沙，下到了泥地间。绞一把湿手巾给女人擦把脸吧？比起不停地流汗，这样做更符合道理。有人说，文明的高低，和人的皮肤清洁度成正比。人假如真有灵魂，恐怕那灵魂就在皮肤里。只要想一想水，肮脏的皮肤就成了几万个吸盘。像冰一样清冷透明，又像羽毛般柔软，这灵魂的绷带……再晚一分钟，全身的皮肤都会扑簌簌地烂掉，掉下来吧。

谁知，男人往水缸里一瞧，禁不住发出绝望的叫喊：

“嘿，水缸空了！……这里全空了！”

他把胳膊伸进去，用手在水缸里捣着。缸底粘着的黑沙子，仅仅弄脏了他的手指尖。关注点转移了，疼痛的皮肤之下，无数受了伤的蜈蚣，开始挣扎起来。

“那些家伙忘记送水来了吧！……还是等一下打算搬来？”

其实他心里完全明白，这不过是自我安慰罢了。三轮摩托最后的活干完，早在黎明时分就会回去。那些家伙们的目的已经再清楚不过了。就这样断绝了水的补给，想迫使这头发出点儿声音来吧。想想看吧，那天自己想把沙坝由下往上弄崩塌，那该是多么危险的事呵，可那些家伙明明知道，却默不作声在一旁观看，任你去碰撞。哪可能把他的性命放在心上。确实，他们大概不能让知道内情太多的人活着出去，要干的话，就打算彻底地干下去吧。

他站在门口，抬头望望天空。总算看到了朝阳那红彤彤的面庞，轻柔的绵羊毛细云……终于没有等来企盼的下雨天。每次呼出气，身体里的水都像在一点点消失似的。

“究竟打算干什么呢！想杀掉我吗？”

女人还是不说话，只顾一个劲儿地打抖。恐怕她洞悉一切吧。总之，她摆出一副受害者的面孔，其实是同谋犯。难受也活该！……这些痛苦当然该受报复。

可是，这痛苦要是不能传达到村里那些家伙们的耳朵里，那能起什么作用呢。而且，哪里也没有能够传达到的保证。不仅如此，那些家伙觉得有必要的话，应该会不惜牺牲掉这个女人的。女人的害怕可能就源于此吧。野兽寻找着逃路，它终于发现能跃过的栅栏缝隙，其实不过是牢笼的入口处……鱼儿在金鱼缸里，第一次知道自己好几次碰鼻子的玻璃，原来是一堵穿透不过的墙壁……第二次，赤手空拳被人抛了出去。眼下捏着武器的是他们那一帮。

然而，不能胆怯。漂流者因饥渴而倒下，与其说是生理上的欠缺，倒不如说是出于对“欠缺”的恐怖。正因为你想到输了，所以你才会败北。汗滴从鼻子尖上啪嗒啪嗒地掉下。你要是小心翼翼地担心着又失去了多少毫升的水分，那可是正中了敌人的下怀。还是想想一杯水蒸发要花多少时间的好。也别去不必要地闹事，别去鞭策那匹称作“时间”的马。

“怎么样，给你把绳子解开吧？”

女人迟疑了一会儿，憋住了气。

“不想解开也没关系……想的话给你解开……只是有个条件……没有我的准许，绝对不准拿铁锹……怎样，讲好了？”

“求您了！”狗一样忍耐到现在的女人，像一顶伞被突如其来的风吹翻了似的，哀诉起来，“我答应，什么都答应！求您了……求您了……”

绑在腿上的绳子印，变成了黑红的肿块。那肿块的表面浮起白白的一层薄膜。女人仰面躺着，脚脖子互相搓着，交替地挠着手腕，慢慢地揉搓。她忍住叹息，咬紧牙关，脸上，汗水结成斑冒了出来。她缓缓地翻过身子，屁股朝上趴着。最后，好容易抬起了头。好一阵，她一直保持着这副样子，然后，轻轻地晃了晃脑袋。

男人也一直蹲坐在门槛上。挤出唾液，又咽下去。如此来回几次，唾液变得跟浆糊一样黏稠，丝丝拉拉缠绕在喉咙口。虽然没感觉到睡意，但因疲劳，意识成了濡湿的纸。透过纸张去看，风景成了混浊的斑纹和线条，浮了起来。简直像“画谜语”似的风景。有女人……有沙子……有空荡荡的水缸……有滴着口水的狼……有太阳。……然后，在他不知道的什么地方，若是有热带性低气压，就一定有不连续的线条。然而，这个净是未知数的方程式该从何处入手好呢？

女人站起来，慢吞吞往门口走去。

“去哪里！”

女人像避开似的，嘴里小声嘟囔着，听不清楚。可一见那情景，男人便理解了二三分。不久，紧靠板壁的那一边，传来了小便的声音。让人觉得那真是一种浪费。

一九

当然，也许时间不会像野马一样飞奔。但是，看来它也不会比手推车的速度慢。眼看着早上的气温，动真格地热起来，眼球和脑浆开始被煮，内脏更是已经烧焦，紧接着，肺开始冒火。

沙子夜间吸进的湿气，蒸发后吐回大气中……光的折射，散发出湿漉漉的柏油似的光……但是，它简直比砂锅里炒麦粉还要干燥，本质不过是没有掺杂物的1/8 mm。

没过多久，最初的沙崩下来了……那已是每天的必修课，那声音早就听惯了，但他还是情不自禁地回过脸去望着女人。一天没有清沙，最终会带来什么样的影响呢……尽管想着没什么大不了，可心里总有些不踏实。谁知女人却默默地避开他的目光。像在跟人赌气似的，一副“与己无关”的样子，弄得他问也问不下去。那沙崩也是，你刚觉得它只有线那么细，谁知，它即刻又变成带子那么宽，就这样不规则地重复着，不久又跟没事似的停住了。

好像一下子没有什么事能让人担忧的了。他松了一口气，突然，脸内侧的脉搏重重地捶了起来，发烧似的热起来。于是，以前在意识中竭力不去考虑的那瓶烧酒，犹如飘浮在暗夜里的一盏明灯，突然把他的全部精神集中到一点上来。什么都可以，只要能润润嗓子。再这样下去，身体里的血液都要死去了。于是，虽然明知撒下苦种，会后悔不已，但他无法抗争。他拔了瓶塞，瓶口碰到牙齿，他对着瓶口就是一大口。然而，舌头还是忠实的看门狗。突如其来的闯入者弄得它狂躁起来。他呛了出来，像在伤口上搽双氧水。却还是没能战胜第三口的诱惑。可真是意料之外的祝贺酒……

临了，他劝女人也喝一口试试。女人当然坚决拒绝。简直像要被人强灌毒药似的，大幅度地摆手拒绝。

果然不出所料，落到胃里的酒精，立刻像乒乓球似的跳回了耳朵边，那里响起扇动蜂翅的嗡嗡声。皮肤像猪皮似的开始发硬。血腐烂了！……血死掉了！

“不能想想办法吗！你自己不也难受吗？我已经给你解开了绳子，你就不能做些什么吗？”

“是呵……可是村里人要是不搬来的话……”

“那么搬来不就得了吗？”

“只要我们开始干活……”

“别开玩笑了！那些家伙哪里有这种胡乱交易的权力……快，说说看！……说不出来吧？……他们哪里有这种权力！”

女人垂下眼睛，闭上了嘴。到底是怎么回事呢？门口上方，露出的那一小片天空，老早就碧蓝澄澈，像贝壳的肚子似的闪闪发光。就算“义务”那玩意儿是人的“护照”，但为什么非得拿到那些家伙们发的“签证”呢！……人生不该是散乱的纸片……应该是合得好好的一本日记……最初的一页，即使每本只有一页也就够了……对于与前页毫不相连的这一页，根本没有必要照顾情面……即使对方已经快饿死了，也没有逐一去关心的闲暇……妈的，要水！……可是，你想得到水，你就必须去兜圈子参加全部的死人葬礼，你就是有再多的身体也分不过来嘛。

第二次沙崩开始了。

女人站起来。从墙上取下扫帚。

“你去干活可不成！说好的嘛。”

“不，我想把被子上的……”

“被子？”

“再不好好歇息的话……”

“你想睡觉，那就请便吧！”

他受到了地面摇撼的冲击，呆立不动。从天花板上掉下来的沙，使得周围一瞬间弥漫起了雾气。停了清沙的活，其影响终于显现了。找不到出路的沙子，一下子压了下来。梁和柱子尽力承受着，痛苦地把关节压得嘎吱嘎吱响。谁知女人一直盯着里屋的门楣，没有一点惊慌失措的样子。看起来，压力似乎刚刚到达地基的周围。

“妈的，混蛋家伙……想弄到几时……真想把这种局面继续下去吗……”

怎么回事，这小题大作的心脏……简直像胆怯的小兔似的跳来跳去，真令人讨厌……在被指定的巢里，一点镇静不下来，口也好，耳朵也好，屁眼也好，假如真有能钻进去的地方，真是去哪儿都行，他差一点把这话说出口来。唾液的黏稠，比刚才更浓厚。可出乎意料的是，喉咙的干渴程度倒是没多大改变。恐怕是烧酒喝醉了，都给适当地中和掉了吧。酒精一中断，便又吹上了火。火一燃烧起来，就又变成丝丝拉拉的灰。

“做这种事……神气死了……连耗子的脑子都不如……假如我真死了，究竟打算怎么办！”

女人仰起脸，欲言又止，立刻又回到了沉默之中。说也没用，瞧那感觉就让人知道肯定是最坏的回答。

“好啦……不管怎么说，结果只有一个，只能试试看了，让我来试试吧！”

男人又对着瓶口喝了口烧酒，打起精神，跳了出去。忽然，两眼受到了白热的铅的一击，他一个踉跄，差点没摔倒。沿着他的脚印，翻卷起的沙子，搅起了旋涡。昨晚他袭击女人，把她捆起来，就在那边吧……铁锹一定就埋在那附近。沙崩正好停了一下，可是，海一侧的崖坝，还不断有沙子流动下来。偶尔，大概是风的缘故吧，沙子离开壁面，像布片似的在空中飞舞。他一边警惕着沙崩，一边用脚尖在沙里边摸索着。

似乎沙崩已经过去了，他想把脚尖再伸进去一点，但铁锹的影子也没有。不久，太阳的直射让人难以忍受。瞳孔收缩得很小……海蜇般跳着舞的胃袋……穿透额头的剧痛……再也不能流汗了……这就是极限了。比这更要紧的是，铁锹丢哪儿去了？……那时肯定拿出来当武器来看……是啦，这样的话，该埋在那边……透过地面一看，立刻辨别出沙子上鼓起来的铁锹形状。

他想吐一口唾沫，又慌忙停住了。即使仅含有一点水气的东西，也必须让它还原到身体中去。唇齿之间，沙子与唾沫分离，他用手指把牙齿上沾着的沙子抠了出来。

女人在房间的角落，面朝里，把衣服的前襟整了整。大概正松松腰带，把囤积的沙子抖落出来吧。男人抓住铁锹柄的中间，把它举到与肩平行。铁锹的快口对准了靠泥地间门口的板壁……

背后传来女人的一声尖叫。男人拼出全身的力气，把铁锹猛地扎了过去。铁锹轻而易举地穿透了板壁。它脆得简直像回潮了的饼干。那些让沙子清洗过，外表看起来还很新的板材，其实都已经开始腐烂了。

“你干什么!”

“劈了这玩意儿，拿来做梯子的材料啊!”

他又挑了另一个地方试了一次。还是老样子。女人曾经说过，沙子让木头腐烂，看来真是事实。这一面的板壁比哪儿光照都好，它尚且如此，其他板壁也就可想而知了。真亏造得出这种软不拉塌的房子……倾斜、歪扭、半身不遂……就在最近，听说还有用纸和塑料布造的房子呢，所以，软不拉塌，也许有软不拉塌的力学构造吧……

板壁不行，这回试试横木吧。

“不行哟!停手!”

“反正马上就要被沙压垮了不是?”

他摆好架势，准备再试一次，女人大声着猛扑过来，紧紧抓住他的手腕。他撑着手肘，拧着身体想甩开女人。可不知怎么计算有误，被愚弄的反而是男人。他紧跟着就想试着反击。可是铁锹和女人，简直像用锁链连在了一起，毫不动摇。不知怎么回事……动武至少该不会输给她，然而……两次、三次，他们在泥地间扭作一团，每当他觉得可以将她摁倒时，对方立刻以铁锹柄作为盾牌，轻松地占了上风。怎么回事，大概是烧酒喝太多了吧……他脑子里已经没有对方是女人的念头，反射般地用蜷起的膝盖，照着女人的肚子就是一下。

女人叫了一声，霎时没了力气。他一个鹞子翻身，跳了起来。从上往下摁倒了女人。男人的手在女人敞开着的，满是汗水的胸脯上滑了一下。

忽然，像放映机发生了故障似的，两人僵住不动了。谁要是不干些什么，似乎时间会一直这样僵持下去似的。男人感到了女人乳房上网状的皮下组织，清清楚楚地感到了女人的腹部，他的手指简直像独立的生物似的一直屏声敛气。身体活动的方式稍微变化一下，这场铁锹的争夺就完全变成了另外一回事。

女人的喉咙大大地胀起来，大概是想咽一口唾沫。男人的手指把它当成活动的信号。女人用沙哑的声音拦住他：

“你说，城里的女人都很干净吧？”

城里的女人？……男人立刻扫兴起来……手指上膨胀起来的热度也凉了下来……危险似乎轻松地通过了……他并不知道，爱情故事的影响，即使在这种沙子里，也会照样继续不断地扩散。

几乎所有女人都深信：只有在爱情故事的框架里打开大腿，自己的价值才会得到对方的承认。可是，这种令人同情的单纯错觉，实际上正是将女人转变为单方面精神强奸被害者的原因……

他和那个人行事的时候，一定得套上橡胶制品。以前他曾患过淋病，直到现在都不确定有没有痊愈。虽然检查的结果都是阴性，但小便后忽地感到尿道疼痛，他会赶快慌慌张张地拿了试管来看，果然还漂浮着白线头似的东西。医生诊断为神经过敏，可是，疑窦不解开，还是一码事。

“瞧，我们俩不是挺般配吗？”那个人薄薄的皮肤，透明得连血管都看得见，小小的下巴和嘴唇……古怪地说起了挖苦的话，“我们的关系，就是在交换商品的样本吧？……不中意的话，什么时候都可以退回……不拆封，透过塑料袋，仔细端详，就能估价……怎么啦？……真能够相信你吗？没留神买下了，以后会让人叫苦不迭吗？”

然而，那个人其实内心里并不满足这种商品样品的关系。譬如，在那种散发着过氧化氢气味的时候，那个人还躺在床上，大腿间夹着毛巾，浑身一丝不挂。这头，自己已经怀着将被轰走的心情，开始扣裤子上的扣子……

“可是，偶尔来点儿‘强行推销’不也很好吗？”

“真讨厌，谁要强行推销……”

“可那个不是已经好了吗？”

“你真的这么想的话，咱们就签个协议，再真刀真枪。”

“说什么，你想逃避责任吗？”

“所以我说讨厌强行推销嘛。”

“真怪哟……你的淋病，我究竟有什么责任呢？”

“也许有吧……”

“别说傻话了！”

“算了，无论如何强行推销就免了吧。”

“那你一生都不准备脱帽子了吗？”

“为什么你不能好好配合呢……睡在一起，若是怀着温柔的心情，做这些事不也是应当的嘛。”

“总而言之，你啊，是个精神性性病患者……就这样吧，我明天也许要加班呢。”

他打着哈欠想，精神性性病患者……真亏那个人想出这么经典的牢骚……然而，那个人也许绝不会明白，她的这番话何等刺伤了自己的心……第一，性病和爱情故事是截然不同的两码事……这个世界上不存在什么爱情故事，甚至还有最绝望的证据之物……哥伦布坐着一艘小船，在一个狭窄的港口，把悄悄带回来的东西，让大家分头去散发，在世界上传播……能够说人类平等的，也许只有关于死和性病了……性病是人类的连带责任……但是你绝对不愿承认……你呀，把镜子那头的自己当作主角，封闭在你一个人的故事里……只有自己，在镜子的这一头，患着精神性的性病，被人撇了下来……所以，自己的“下体”没有帽子就会蔫了，一点不起作用……你的镜子使我陷入了“性无能”……女人的天真，把男人变成了女人的敌人。

二〇

僵硬的脸像抹过浆糊，呼吸达风速每秒二十米，唾液里带着干燥、焦糊的砂糖滋味……令人恐惧的能量损失。至少有一杯水，变成汗蒸发掉了。女人低着头，慢慢地爬起来。她那沾满沙子的头，正好和男人的眼睛一般高。突然，她擤起鼻涕来，然后，捧起一把沙子，代替纸张，搓了搓两手。从女人弯着的腰上，劳动裤唰地滑落下来。

男人懊丧地挪开了眼睛。虽说懊丧，也是一言难尽的。舌尖上，残留着与干渴截然不同的奇妙感觉。女人那傻乎乎的话，曾使他蔫了下来，但在那之前，在极短的时间里，没有橡胶制品，他下体旺盛地跳动着，精神振奋了起来。还残留着昔别之艳阳呢。说是发现，也许太夸张，但这毕竟还是值得注目的。

他并不打算做个性变态者。可就是那“精神强奸”，怎么都让人觉得别扭。仿佛吃了没加盐的生蒟蒻。给对方伤害之前，先侮辱了自己。而且，还不得不接受精神性性病的指责，这究竟是怎么一回事呢？不就是踩一脚，踹一脚吗？女人的黏膜难道就那么虚弱，我扫一眼就会喷血吗？

然而，他浅浅地感觉到，性欲是否可以分成两类。譬如，麦比乌斯圈那家伙，追求女朋友的时候，肯定是从味觉和营养开始讲起的吧。——说起来，肚子饿的人，只要有一般的食物就满足了，神户牛肉啦，广岛牡蛎啦，对他们来说根本就不存在……大致上，能保证填饱肚子后，各种各样的味觉才开始具有意义……性欲也一样，首先是一般的性欲，接着才会发生多种多样的“性之滋味”……性也不能一概而论，时间地点不同，要求也不一样，有时需要维他命剂，有时则需要鳗鱼饭。不管理论多么严谨，遗憾的是，他还没有一个女朋友接受这种理论，把一般性欲，或固有之性，提供给他。这是理所当然的。男的也好，女的也好，没有人会去听信理论。就连认真得有些傻乎乎的麦比乌斯圈也完全了解这等事，只是讨厌精神性强奸，一个劲儿地不停按响着空屋子的门铃。

当然，对他来说，不可能浪漫到梦想纯粹性关系的地步。恐怕只有面对死亡，暴露出狰狞面目的时候才需要这种东西……就像开始枯萎的细竹，赶紧结果……饥饿的老鼠，一边移动，一边血肉模糊地反复性交……结核病患者，一个不留全被色情狂附了体……住在塔顶上，往后只能走下台阶的大王或统治者，只顾一味地倾心于后宫的建设……等待敌人进攻的士兵们，抓紧每分每秒手淫发泄……

但是，所幸人们不可能老是面临死的危险。连冬天都无须害怕的人，能在季节性的发情中变得自由自在。可是，战斗结束，武器反而会变成手脚的拖累。这时“秩序”那家伙来了，代替自然，它弄到了牙、爪和性的管理权。于是，性交也像通勤列车的联票一样，使用的时候，一定得请人用票钳打个洞。而且，这种联票还得让人确定是否是真货。然而，还有令人害怕的烦琐东西，牢牢对应着这种“确认”以及“秩序之麻烦”，所有种类的证明书……合同书、资格证、身份证明书、使用许可证、权利书、认可书、登记证、携带许可证、工会会员证、奖状、支票、借用证、临时许可证、承诺书、收入证明书、保管证，甚至到血统证明……看来是要把你所能想到的纸片，来一个总动员。

因此，性就像结草虫，被证书的大氅盖得严严实实。要是称心的话，这样也不错嘛。然而，证书难道就此了结吗？……难道就没有什么忘了证明的吗？……男人、女人都成了暗暗猜疑的俘虏：对方该不是故意草草了事吧？……为了表示清白，他们得苦思冥想新的“证书”……谁也不知道在哪里还有最后一张……证书似乎无穷之多……

（那个人责备我，太爱抠死道理。可爱抠死道理的不是我，而是这个事实！）

“你说，这难道不是爱情的义务吗？”

“胡说八道！这只不过是用消元法消去禁止事项，还剩的残渣而已。要是这样不信任，还不如一开始就别相信。”

性毫无道理地必须忍受贴上赠答用礼签。性每天早晨该用熨斗烫烫平整……性穿过袖口的时候，就已经变得陈旧了……熨斗一烫，皱纹展平，立刻犹如新品……刚成为新的，立刻又要变旧……这样卑猥的话，难道有义务认真地侧耳去听吗？

不用说，对秩序来说，若说给予与此相称的生命保证，那也就还有让步的余地。但是，现实究竟怎么样呢？天空落下了死的荆棘，地上也是布满所有种类的死，连立脚的地方也没有。性也开始稍许感受到了，好像只能够抓住空头支票，于是，开始伪造起不服之“性”的联票。这玩意儿可是个好买卖。也许，把精神性的强奸作为必要之恶，予以默认。没有这玩意儿，所有的婚姻几乎都不能成立。性解放者干的也是大同小异的事。他们不就是把互相强奸的事更加合理化吗？你觉得是这么回事，那也就相当快活了。可是，一边解放，一边不间断地留意封闭不严的窗帘，这种解放，你就是再不愿意，也只能成为精神性的性病患者。可怜的下体，再没有脱帽子歇一歇的余地喽。

女人似乎也敏锐地感到了男人感情的动荡。劳动裤上的绳头系到一半就停住了。解开的绳头，从女人的手指缝里垂落下来。她抬起兔子般的眼睛瞅着他。和兔子相像的地方不仅仅是眼圈很红。男人用“没有时间了”的目光，回答了女人。一股烧煮筋肉般的强烈臭气，在女人周围腾起。

女人捏着裤带摁住劳动裤，从男人的身边穿过，进了屋子，她开始脱下裤子。就像连贯的接着前面的动作，流畅而自然。男人的心里暗暗念叨着：这样的女人可是真正的女人呐。可他马上反省。愚蠢的男人，如此迟钝，事情会全给弄砸。男人也急急忙忙地解开皮带。

若在昨天之前，他也许会认定眼前这一切，和那酒窝、窃笑一样，显而易见是女人要的把戏。也许那就是真相。但现在他不愿意这么考虑。利用这个女人的身体，用来谈判的阶段早已过去了……眼下是暴力决定情况……没有讨价还价，有充分的依据，可以把它想作是一种双方同意的关系。

脱长裤时，一把沙子通过手指的根部，直冲泻到了大腿的内侧……像闷透了的袜子，气味蒸腾而上……慢慢的，但却是确凿的充实，发出了即将断水的自来水管声响，再次充满了他的下体……没有帽子的下体标明方向……他展开翅膀，在已经赤裸的女人身后融化了。

快活吗？……当然了……一切都像在填写等间隔的方格纸空当……呼吸也好，时间也好，屋子也好，女人也好……这就是麦比乌斯圈所说的一般性欲吧？如果是的话，这肥硕屁股的周围……和街上拾到栗子刺球的那种“欲求不满”，是无法比较的……

女人单腿跪着，用弄成一团的毛巾，从头到脚依次把沙子捋下去。突然，沙崩又发生了。屋子整个地哆嗦起来，嘎吱嘎吱作响。真是意想不到的第三者。雾状的落沙，眼看着在女人头上撒下了白粉。肩上、手臂上都积起了沙子。两人只能拥抱着，等待沙崩过去。

积起来的沙子上滴入了汗水，其上，又落下了沙子……女人的肩膀颤抖着，男人也热极了，仿佛马上就要胀开来了……尽管如此，女人的大腿还具有如此强烈的诱惑力，真搞不清是怎么回事……简直像抽掉了体内的中枢神经，一根一根地缠绕上女人的大腿……食肉动物的食欲，就是这样的吧……鄙俗地、贪婪地、像装进了弹簧似的憋足了劲……同那个人一起的时候，从来没有经历过如此的专心。在那床上，他们感觉到了男人和女人……一旁瞧着的男人和女人……一旁瞧着感觉到男人的男人，一旁瞧着感觉到女人的女人……瞧着男人的男人被女人瞧着，瞧着女人的女人被男人瞧着……对照的两面镜里映出的，性交无限的意识化……幸好由阿米巴虫连续而来，将近十亿年历史的性欲，大概还没有被磨灭……但现在我所需要的，就是这种贪婪的性欲……迎着女人的大腿，神经兴奋得络绎不绝地爬出来。

沙崩停止了。像有所等待似的，男人也一起帮着女人捋去身上的沙子。女人发出嘶哑声音的笑。从乳房到腋下……从腋下到腰的周围……男人的动作渐渐细致起来，吊在男人脖子上的女人手指，也用足了力气，女人忽地发出了尖叫。

擦完后，轮到女人擦拭男人的身体。男人闭上眼睛，轻柔地抚摸着女人的头发等待着。头发是干巴巴，一点也不光滑。

痉挛……重复着相同的事……老是梦见不同的东西，投身进去的样子反复不变……吃饭、走路、睡觉、打嗝儿、叫唤、性交……

二一

◇◇◇◇◇◇◇◇◇◇◇

重叠起无数的化石层，跨越而来，人类的痉挛……生殖推进机大叫着，狂喜地迸发，恐龙的牙齿也好，冰河的壁障也好，谁也挡不住……不久，扭动着身体，竭尽全力，发射出白鱼子似的焰火……穿过无限的幽暗，迸发出来的流星群……锈蚀的橘色星星……生硬的合唱……

那闪亮的星，扑地拖着尾巴消失了……女人的手拍着男人的屁股，鼓励他再干，可已经不起作用了。瞄准女人大腿爬出来的神经，也像被秋霜打过的须根似的萎缩了，下体在蚌壳肉之间蔫了。女人尚有些留恋，不停地扭动着腰，不久，她也气喘吁吁地松了口气，精疲力竭地沉下了身子。

大橱的后面，酸酸的腐臭的旧抹布……浑身都是悔恨的尘埃，半路折回自行车赛场前的大街……

结果，什么也没开始，什么也没结束。满足了欲望的仿佛不是他，而是别人，简直就像把他的身体借给了别人似的。性嘛，本来就不是单个的肉体，也许属于物种的管辖……完成了任务的个体，必须尽快地返回原来的位置。幸福的人感到充实……悲伤的人感到绝望……面临死亡的人走向死亡之床……人们居然很容易就能厚颜无耻地坚信，这种诈骗是一种野性之恋……同联票的性比较起来，有什么可取之处吗？做这种事，真还不如做个玻璃制的禁欲主义者。

在腐臭鱼油似的汗水和分泌物中打滚，转眼间便打起盹儿来。做了个梦。梦见了敲碎的玻璃杯、地板即将脱落的长廊、大便溢出便器外的公共厕所、只听见水声却找不着的洗脸池。出现了个背着水壶奔跑的男人。向那人讨一口真正的水，他把一副蝈蝈脸冲着这边瞧了一会儿，便拔腿扬长而去了。

他醒过来。黏乎乎的舌根成了融化了的热骨胶。干渴翻了一倍又回来了……想喝水！……闪闪发亮的水晶之水……从茶杯底部泛起泡沫的银色轨迹……废弃屋子的自来水管，像鱼儿似的喘着气，沾满灰尘，净是蜘蛛……

他坐起身，手脚像水枕似的沉沉地耷拉着。他把丢在泥地间里的空水壶捧起来，把壶口倾斜地对准自己的嘴。足足花了三十多秒，好容易掉下了两三滴，稍稍沾湿了舌尖。但是，立刻就像碰到吸水纸似的干涸了，等了半天的喉咙，更加疯狂地折腾起来。

男人去找水，在水槽旁边摸着什么就翻，摸到什么就抓。所有化合物中，水是最单纯的化合物。就像能从桌子的抽屉里拾到一分钱硬币那样，谁说一定找不到。瞧，有水的气味呢。千真万确的水气味。男人突然从水缸底下抓出一把湿漉漉的沙子，大口地塞满一嘴。一阵剧烈的恶心涌了上来。他弯下腰，胃里翻江倒海。黄色的胃液和眼泪一起喷溢而出。

头疼万分，像戴了顶铅的帽子，帽檐唰地滑落到眼睛之上……情欲，最终好像只是缩短了达到破灭的距离。突然，男人趴下了，像狗一样扒着泥地间的沙子。挖了一个肘部那么深的洞，沙子黑黑的，透出了潮湿的气味。他把脸摁进洞里，把发烧的额头贴上去，胸中吸满了沙子气味。弄得好的话，说不定胃里的氧气和氢气能化合呢。

“妈的，真是卑鄙到极点啦！”手指甲掐进手掌，声音也颤抖起来，他回过头对女人说：“究竟打算怎么样！水，真的什么地方都没有吗？”

女人拉了件衣服盖到裸露的大腿上，弯下上半身，小声嘀咕着。

“是呵，没有……”

“没有？……你以为说声没有就行了吗！……这样下去，要送命的……混蛋！……快想想办法吧！……求求你……我说求你啦！”

“只要我们开始干活，立刻就会……”

“好了，我认输！……真没办法，输给他们了……”自己可不是什么晒干的沙丁鱼，绝不愿就这样被他们弄死。并不是真心屈服。可眼下，为了弄到水，就是叫他要个把戏也愿意。

“输给他们了……可要让我等到每天来送水的那时候可吃不消……第一，这嗓子渴得冒烟可干不了活……想请你马上联络一下呀……你自己也口渴难挡吧？”

“你一干活，马上就会有人知道的……一直有人在瞭望塔用望远镜瞧着呢……”

“瞭望塔？”

在牢房里，让人深切感受到被囚禁滋味的，不是铁门，不是墙壁，而是那个小小的窥视孔。男人一阵惊慌失措，迅速搜索了一下记忆仓库。水平分割开来的天空与黄沙……哪里都没有建设瞭望塔的余地。从这里望不见什么，自然会觉得那边也望不到这里。

“从背面的崖坝那边瞭望，马上就会明白……”

男人顺从地弯腰捡起铁锹。现在这地步，自尊心什么的，就像用熨斗熨烫满是污垢的衬衫似的。像被赶出来似的，他跑到了外面。

沙子像砂锅似的烤着。刺眼的光线，弄得他透不过气来。灌入鼻子的海风，一股肥皂味。可往前进一步，就与水接近了一步。站在海一侧的坝下往上一看，果真有根黑黑的柱子，尖尖的顶上露出一个小手指粗的头。那个如荆棘般突起的，也许就是监视人。已经注意到这边了吧？大概心情愉悦地等待着这一时刻的到来吧。

男人迎着“黑荆棘”抄起铁锹，用力地左右挥舞起来。他调整着角度，希望铁锹快口上的亮光，能轻松地反射进对方的眼睛……眼睛的深处铺开烤过的水银之膜……那女人磨磨蹭蹭还在干什么，还不快点出来帮帮忙……

冷不防落下了冰凉而湿漉漉的手帕般的影子。云彩出现了。落叶般的云被风刮到天空的一角。妈的，至少下几滴雨，也就不会碰到这种倒霉事了……摊开手掌，两手满是雨水……窗玻璃上净是小瀑布……落水管里喷出水柱……倾泻在柏油马路上的瓢泼大雨……

是在做梦，还是幻想变成了事实。他的周围突然嘈杂起来。他回过神来，原来自己站在“沙崩”之中。他躲进屋檐，靠着墙壁。骨头像罐装鱼似的融化了。干渴在太阳穴附近破裂了，它的残片散落到意识的表面，成了一个个小斑点。

收紧下巴，手捂在胃部，总算忍住了呕吐。

忽然，响起了女人的声音。她正面对坝那边高叫着打招呼呢！透过沉重的眼皮，他吃力地张望着。最早领他上这儿来的那个老头，正往绳头上挂铅桶准备吊下来。是水！……总算来了！……铅桶斜斜的，在沙的斜坡上划出了一道道痕迹。不折不扣的水哇！……男人叫喊着，跌跌撞撞地跑了过去。

等铅桶放到手够得着的地方，男人一把推开女人，急不可耐地用两手紧紧按住。铅桶从绳索上刚解下来。男人着急地一头扎了进去。他身体像个抽水机，鼓动着波浪。他仰起脸，吸足了一口气，又把脸扎了进去。第三次，他仰起头，从鼻子和嘴唇喷出水来，痛苦地咳呛起来。他无力地屈了膝，闭上了眼睛。这回轮到女人来抱铅桶了。女人一点也不输给男人，全身发出橡皮阀门似的声音，不一会儿，桶里的水就减掉了一半。

女人放下铅桶，返回泥地间，老头也开始准备收起绳索，男人忽地蹿起来，抱住绳索悲切切地说：

“等一等！有些话想问问，只问两句就可以，请等一下！”

老头没反对，停住了手。老头无可奈何地直眨巴眼睛，脸上几乎没有表情。

“我喝到了水，该做的事我都会做的。我和你们说定了，但还是想问几句。你们绝对计算有误……我可是学校的教师哇……我有同事，还有工会组织，我们受教育委员会和家长教师会（PTA）的管辖……你们以为我失踪了，社会上会默不作声吗？”

老头用舌尖舔了舔上嘴唇，脸上浮起毫不在乎的浅笑。不，也许根本不是浅笑，只是为了抵挡被风扬起的沙子，才让眼角堆起皱纹的吧。可是，连一根皱纹都没有逃过男人激动的眼睛。

“什么？你说什么？……难道你们不知道这几乎就是犯罪吗？”

“什么呀，那以后过了十天了吧，可派出所没有来过什么消息……”老头十分规矩地一字一顿慢慢确认，“过了十天，都还没有动静，那是怎么回事呢……”

“没有十天，才一星期！”

老头又闭上了嘴。确实，再争下去也没意思……男人抑制住烦躁的心情，用背脊上撑着尺子似的声音说：

“好了，算了吧，这种话就不说了……比这要紧的是，您下来一趟，我们慢慢地坐着聊怎么样？绝对不使坏心思。就是想干，也是寡不敌众，赢不了的……跟您说定了。”

老头还是默默无言。男人接着气喘吁吁地说：

“当然，我嘛，也不是不知道这清沙的活儿，对村子是多么重要……不管怎么说，是个生计问题嘛……很重要……我知道得很清楚……用不着这样强制，说不定我还会自觉地前来帮忙嘛……我说的是真的！看到这里的实际情况，想帮一把，实在也是人之常情嘛。但是你们这种方法，最后会得到真正的帮助吗？……我很怀疑呀……为什么不再多考虑些其他适当的方法呢？……人嘛，该适得其所……没有好的立脚点，纵然有意志想来协助，也会一点点磨灭的……是吧？……用不着这种危险的走钢丝，难道就没有更好的发挥我能力的途径吗？”

老头似听非听，茫然地晃了晃脑袋，仿佛身上有只撒娇的猫，他做了个掸落的动作。说不定是在注意观察哨吧？和男人说太多，难道有什么不妥之处吗？

“听见了吗……清沙的确是要紧事……可这是手段，不是目的……目的该是想法从沙的威胁下保护自己的生活……您说是吧？……幸亏我对沙子多少还有些研究，特别有兴趣，所以我才特地跑来这里。说起来嘛，沙子把现代人吸引住了，它具有不可思议的魅力啊……可以想办法利用这一点……把这儿作为新的观光胜地来开发……不是与沙子唱反调，而是顺应沙子的特点，利用它……也就是说，要下狠心转换一下脑筋……”

老头抬起眼睛，满不在乎地丢出了一句话：

“观光胜地要有温泉呐……而且靠观光生意赚钱的总是那些外来户和商人，行情早就定好了……”

也许是自己多心，男人察觉到被嘲弄的意味，忽地他想起女人说的一番话，想起那个同他遭受一样遭遇的兜售风景明信片的人，而且还病死了。

“是呵，那当然，可这只是作为一个例子呀……按沙子的特性，难道就不能考虑搞一些特殊的农作物吗？……总而言之，我是说没有必要硬撑着，拘泥于这种老式的生活……”

“这个嘛，也做过各种研究的嘛……也试过落花生那一类球根作物的栽培……还有郁金香花，简直想送来让你瞧瞧呢……”

“那么，搞‘防沙墙’怎么样？……真正的‘防沙墙’……我有朋友是新闻记者呀……运用报纸，调动舆论也并非不可能的事。”

“社会上即使给予再多的同情，不送来要紧的补助金，还是无济于事。”

“所以，发起争取补助金的运动嘛。”

“政府的规定嘛，说是飞沙灾害，不属于灾害补偿的范畴里呢。”

“发起运动让他们承认嘛！”

“这种贫困县，能做得出什么来呢……我们呐，实在厌烦透顶了……还是现在这样的做法最实惠……要是样样都靠政府那帮家伙，那么，在他们计较得失时，我们早就被埋在沙之中……”

“可是，我也有我自己的立场！”他忍不住，终于扯着嗓子叫道，“你们也为人父母吧？！那你们不该不知道所谓教师的义务吧！”

忽地，老头收起了绳索。男人始料不及，糊里糊涂地松开了手。怎么回事……难道老头只是在等待收起绳索的机会，才装出搭讪的样子？……他愕然了，伸出去的两只手在空中乱抓。

“神经病……不正常嘛……这种清沙，要是训练一下的话，连猴子都会做……我应该做更复杂一点的事……一个人有义务充分发挥自己的能力……”

“是呵……”老头像刚刚唠完家常似的从椅子上站起来，用若无其事的调子说，“那么，就请多多包涵了……我们尽可能照顾你啦……”

“等一下！别说笑话！喂，你等等！……你要后悔的！……你呀，还什么都不明白吧！……帮帮忙……等一等！”

可是，老头已经不再回头。他像背着沉重的包袱似的，耸着肩膀站起来，才走了三步，就看不见肩膀了，到了第四步，就完全从视野里消失了。

男人精疲力尽地靠在沙壁上。他把两臂和头嵌入沙中。从领口流进去的沙子，在衬衫和长裤的分界线上鼓胀起来，成了个枕头的形状。突然，从胸口、头颈、额头，直到大腿内侧，咕咕地冒出了汗。刚才喝进去的水，又原封不动地冒了出来。汗水和沙子一混合，简直像贴了一张芥末膏药，火辣辣地往皮肤里渗透。皮肤肿起来，成了橡胶的雨披。

女人已经干起活来。突然，男人被深深的疑惑攫住。他总觉得那剩下的水被女人全喝了，赶紧跑回屋子里。

水一点不缺地留着。他又一口气喝了三四口，再一次惊叹那透明矿物质的滋味，到底掩藏不住涌上心头的不安。大概就这样到傍晚也不会再拿水来了吧。不用说，做饭也不行喽。那些家伙一步步都算计好了的。他们打算把干渴的恐怖当做缰绳，来威逼我就范呐。

他把麦秸做的草帽压低，遮住眼睛，像被人赶出来似的跑到了外面。思考也好，判断也好，在干渴面前，都不过是落到滚烫额头上的一片雪花而已。如果说十杯水是糖的话，那么一杯水就等于鞭子了。

“到哪儿去了，那把铁锹……”

女人立马指了指屋檐下，脸上浮起疲倦的笑容，她用袖口抹去额上的汗。看来她在被按倒的一瞬间，唯独收拾工具没有忘记。这大概是生活在沙天沙地里的人，自然形成的思想准备吧。

铁锹一握在手，骨架像折叠式三脚架似的，因疲劳而一点点缩短了。而且，昨天晚上开始几乎就没合过眼。首先，似乎有必要预先和女人商量一下，最少得干多少活。可他懒得开口。大概刚才跟老头说话时力气用得太过头了，声带简直像松软鱿鱼片的纤维似的，变得破破烂烂。他和女人并排，机械地挥着铁锹。

两人互相纠缠着似的，在坝和房子之间掘进着。板壁软绵绵的，像半干的年糕，原封不动地变成了蘑菇的苗床。不一会儿，一处堆起了一个小沙堆。他们把沙子铲进大铁桶，搬到宽一点的地方。搬完了，再往前掘进。

几乎都是没有意志的自我运动。嘴里充满鸡蛋白的味道，净是泡沫的唾沫……流到了下巴，滴到了胸口，他都没注意。

“客人，左手，这样，再往下握一点……”女人悄悄地给他指出，“那边别动，把右手当成杠杆来用，可以省很多力气呢。”

这时响起了乌鸦的叫声。突然，光线由黄变青。特写下的痛苦，被悄悄地掩入周围的风景中。四只乌鸦，与海岸平行，低低地滑翔。伸展开的翅尖泛着暗绿色的光，不知为何，男人想起杀虫瓶里的氰化钾。是呵，在没有忘记之前，该换个容器，再用塑料布裹好。碰到湿气，那玩意儿可是立刻会溶化成糊状的呀……

“就这些，该歇手了吧……”

女人说着，抬头望望坝上。她的脸也变得干巴巴的，透过贴着的沙层，看得清她的脸上血色全无。蓦地，周围暗了下来，被涂抹上清一色的铁锈色。他在朦胧的意识隧道里摸索着前进，好容易摸到了鱼肠似的渗满油脂的床铺。女人到底什么时候回来的，他连一点记忆也没有。

二二

◇◇◇◇◇◇◇◇◇◇◇

肌肉的缝隙间，要是灌入了石膏，恐怕一定是这种感觉吧。感觉已经睁开眼睛了，怎么会如此之黑？哪里窸窸窣窣地响，大概是老鼠在拖拽作窝的材料吧……喉咙口火辣辣的，像被戳过一刀似的疼痛……内脏如污水处理厂一般泛着泡沫……真想抽支烟……不，在这之前先得喝口水……水！……一下子，他被拖回现实……是呵，那不是老鼠，女人已经干起活来了！……究竟睡了多久了？……他想爬起来，又有一股令人恐惧的力量使他蜷伏在被子里……他忽然想起来，掀开脸上的手巾，从打开的门口射进了淡淡的、冰凉的月光，像遮着一层胶。不知从何时起，又进入半夜了。

枕头边并排放着水壶、油灯和烧酒的瓶。他赶忙撑起手肘，猛吸了一口水，又把水对准地炉喷吐过去。然后慢慢地，边品尝滋味边润湿喉咙。往油灯边上一摸，碰到一个柔软的小包，里边放着火柴和香烟。他点亮油灯，燃起香烟，喝了口烧酒，在嘴里轻轻地含漱了一下。乱七八糟的意识，渐渐地清晰起来。

包裹里有份盒饭。还留着温热，三个夹杂着麦粉的饭团，咸沙丁鱼两串，干巴巴起皱的腌萝卜，再加上有些苦味的水煮蔬菜……那蔬菜，看着像晒干的萝卜叶子。他好容易吃下一串沙丁鱼和一个饭团。胃就像个胶皮手套，冰凉凉的。

他一站起来，各骨关节便咔啦咔啦发出风吹铁皮屋顶似的声音。他提心吊胆地张望了一下水缸，水补充得满满地，直到水缸口。他把手巾打湿，按在脸上。战栗散发着荧光，穿透全身。他冲洗了头和腋下，擦掉了手缝里的沙子。人生的目的也许应该就在这瞬间固定住吧。

“给您沏杯粗茶吧？”

女人站在门口说。

“算了吧……肚子里全是水喽。”

“您睡得好吗？”

“你应该把我一起叫醒……”

女人低着头，发出了羞答答的笑声。

“真的呢，我爬起来三次，给您重新盖上手巾呢。”

女人一副媚态，就像好容易学会了大人媚笑的三岁孩子。不知怎样表现兴冲冲的心情，露出了张皇失措的样子。男人郁闷地移开了视线。

“帮着挖呢？还是帮着搬运？”

“是呵……不一会儿，下一趟大网篮就要来了……”

一旦开始干活，并没有感觉到预想的抵触情绪。这个变化的原因究竟是什么呢？难道是害怕断水的关系吗，难道是自觉欠了女人一份情的关系吗，抑或是劳动本身的性质所决定的吗？的确，劳动是人们在没有前途时，得以忍耐逐渐逃走的时间的依靠。

记得有一次，被麦比乌斯圈叫去参加一个什么演讲会。会场围着一圈低矮的锈迹斑斑的铁栏杆。栏杆里，纸屑、空盒子，还有些乱七八糟的布，丢得满地都是，连地面都看不见了。设计者到底打什么主意才想到要安装这种东西的呢？就像和他抱有一样的疑问似的，一个穿西装的男人，一副疲倦的样子，身体蜷缩在铁栏杆上，不停地搓着手指头。麦比乌斯圈小声告诉他，那人是个便衣警察。另外，会场的天棚上，有一片咖啡色的漏雨痕迹，还从未见到过那么一大片呢。在那里，讲师曾说过这么一番话——“要超越劳动，除了通过劳动没有其他路可走。不是劳动本身有价值，而是要通过劳动来超越劳动……只有这自我否定的能量，才是劳动的真正价值。”

弯起手指，吹响哨子，能听见对上信号的尖锐口哨声。接着，是拉着大网篮跑来跑去、爽朗的吆喝声……随着大网篮逐步接近，反而变得静悄悄了。上面不出声地放下了大网篮。他感到一阵紧张的警戒气氛，可到了现在这地步，就是面壁大叫也无济于事。预定分量的沙子平安地吊上去之后，紧张的气氛顿时缓和了下来，似乎连空气的手感都发生了变化。虽然，没有一个人开口说话，但当面的谅解就此成立了。

看得出女人的态度也明显变化了。

“休息一下……给您沏杯茶吧……”

声音和动作里都含着兴奋。仿佛之前看错了人似的，显得极其兴高采烈。男人像砂糖舔得过多似的，腻味起来。尽管如此，在擦身而过的时候，他还是会悄悄地在女人屁股上摸一把。不用说，电压过高，灯丝会烧断的。他决没有玩弄玩弄的打算。他早晚会说给她听守护幻之城堡卫兵的故事。

真有城堡……不，即使不是城堡，工厂也好，银行也好，赌场也好都没关系。当然，卫兵也可以是警卫，也可以是保镖，都丝毫没有影响。卫兵时刻防备着敌人的侵入，丝毫不敢放松警惕。有一天，左等右等的敌人总算来了。他赶快发出了紧急警报。谁知怪事来了，己方军队竟没有一点反应。自然，敌人不费吹灰之力，一枪撂倒了卫兵。在渐渐稀薄逝去的意识中，卫兵看见了。敌人什么障碍也没有，像一股风似的穿过城门，穿过了城墙，穿过了房子。不，像风一样的不是敌人，其实是城堡本身。只有卫兵一个人，像荒野中的枯树，兀立不动，守护着幻影……

他在铁锹上坐下了，开始点烟。划到第三根火柴，总算点着了。像一点墨水滴进水里似的，积淀下来的疲劳，一圈圈播撒开去，成了水母，成了带长彩条的绣球，成了原子核模型图。猫头鹰发现了田鼠，发出令人毛骨悚然的叫声招呼着同伴。不安的狗，吐出胃肠般地狂吠着。高高的夜空上，速度不一的风声相互摩擦，不停地鸣叫着。沙子像薄皮，被“风之刀”一层一层剥起，在大地上流动着。他擦去汗水，擤掉鼻涕，掸落头上的沙子。脚下的风纹，像忽然停止翻滚的浪头。

假如这是音波的话，究竟能听到怎样的音乐呢？假如往鼻孔里钉入火钳，那黏乎乎的血便塞住了耳朵，用槌子敲碎一颗颗牙齿，把那些碎片塞入尿道之中，割下阴唇，把上下眼皮缝合起来的话，人们也许也能唱出那样的歌吧……和残酷很相似，又和残酷有所不同……他觉得自己的眼珠像鸟儿般高高地飞起，往下紧盯着自己看。在这种地方，有着古怪想法的自己，才是最古怪的存在吧。

二三

◇◇◇◇◇◇◇◇◇◇◇

Got a one way ticket to the blues, woo woo——

（手持单程车票，悲伤的布鲁斯）……想唱歌的话，请随便唱吧。实际上，捏着单程车票的人，绝不会唱那种歌。只捏着单程车票的人们的鞋后跟，光是踏着小石子也已经磨秃。已经没法再往前迈。想唱歌的是有往返车票的“布鲁斯”。所谓单程车票，就是昨天和今天、今天和明天都失去联系的凌乱生活。能够哼着小曲吟唱伤痕累累的单程车票的，肯定是捏着往返车票的人。所以，不能把回去的那一半车票弄丢，不能让人给偷走了。那样急躁，买股票，办生命保险，两面三刀对付工会和上司。捏着单程车票的那帮家伙想不开，大声恶叫，声音从浴室的放水口，厕所的下水道腾起，人们想堵住耳朵，便故意放大电视机的音量，一个劲儿地哼唱单程车票的“布鲁斯”。被攫住的人们的歌，哪怕是有往返车票的“布鲁斯”也一点不会觉得诧异。

男人瞅着空当偷偷地准备起绳索来。他把换下来的衬衫拆掉，捻成布绳，再接上女人死去丈夫用过的腰带，已经有五米左右了。时间允许的话，他计划在绳索的最前端，牢牢拴上一把锈了的裁衣剪，把那剪刀打开一半，用一根短棍子夹住固定。不用说，绳索的长度还不够。如果把泥地间里晾晒鱼和玉米的粗绳子，还有晾衣服用的麻绳都捻在一起的话，几乎就达到必要的长度了吧。

这突发的奇想，贸然闯来。并不是只有花时间反复琢磨的计划，才会成功。灵光一闪也自有其产生的基础，只是没有意识到而已。比起蹩脚的随意摆弄来说，成功率应该是很高的。

但问题是计划实行的具体时间。脱逃的时间，肯定应该是女人熟睡，并且天还亮着的时候。可是，要通过村子，还是半夜好，否则就会情况不妙。最后，他想好了以下顺序：趁女人马上就要醒来之前的那段时间出门，在合适的地方先躲一下，等太阳下山后再开始行动。月亮出来以前，利用黑暗，跑到有公共汽车的国道上，看来似乎并不是那么困难的事。

这期间，男人老是巧妙地套女人的话，尽力打听村落的地形和人员部署。这个村落面临大海，却没有一条渔船，它的经济到底是如何运作的呢？……从哪个时代开始成了眼下这个状态的呢？……人口全部有多少？……什么人在哪里栽培郁金香？……孩子们怎么去学校？……尽管是些间接的知识，但是和他初到之日那朦胧的记忆重叠起来，就能制作出大致的地图。

若说理想的话，不通过村落迂回逃出是最好不过，但西侧有相当危险的海峡阻挡，不算高，但一直受旧时代波涛的侵蚀，形成所谓的“屏风岩”。村落的那帮家伙为了去拾柴火设有立脚点，但被草丛挡住了，很难简单分辨，他又不便多问，怕引起女人的怀疑反而会坏事。反过来，东面是又窄又深的入海口，无人的沙丘上上下下有十多公里，但最后，转上一圈还得回到村子的出口那一带。总之，这个村落是个“沙袋子”，屏风岩和入海口扎紧了袋口。与其磨磨蹭蹭地浪费时间，让那些家伙们放松警惕，倒不如下狠心采取中央突破的作战方式，安全率反而更高。

可是，这也并非毫无问题。例如，那个高高的瞭望哨。而且，他担心发现他逃走的女人，万一大声叫嚷起来，在他逃出村之前，那些家伙们会先把村落的口子封闭起来。这两点，最终也许能够归纳出一个问题。一开始搬运大网篮的家伙们送来水和定期的配给品，总在日落之后很久。女人如果要把他的逃亡在那以前说出来，只能通过瞭望哨的监视人。于是，问题集中到“如何对付瞭望哨上的监视”这一点上来。

幸好这一带气温急剧变化，日落前三十分钟到一个小时，地表上肯定会腾起薄薄的雾气。这是由于，热容量很小的沙子中的硅酸，白天把热量吸了个足，到了傍晚又把热量忽地喷出来。从瞭望哨那边看过来，这边正巧是逆光，所以，即使少量的薄雾，也会成为厚厚的乳色幕障，一定能将视线完全挡住。为了慎重起见，昨天他特地验证了这一点。他从靠海一边的坝下，挥了几下手巾，打了好些信号，可跟预想的一样，那边没有任何反应。

他决定在设想计划后的第四天行动……他选择了星期六的夜里，这一天会送配给的洗澡用水来。在那天的前一夜，他先装作感冒，呼呼大睡一觉。为了不让对方看出破绽，他硬是叫女人给他找来阿司匹林。在杂货店的深处，她找出些陈货。药片完全变色了。他就着烧酒服了两片，立刻就有明显的效果。在女人干完活回来之前，除了听到一次搬运大网篮的声音以外，他几乎没有其他什么记忆。

好久没有一个人干活了，女人脸上疲劳的神色果然加深了。女人本来就慌慌张张地准备着迟到的晚饭，他还要故意问这问那纠缠她。最后他还主动提出修理一下一直不太好用的水槽。也许女人觉得男人的任性是准备在此生根的标志吧，也生怕坏了他的好情绪，女人脸上没有露出一点为难的神色。活一干完，怎么都想洗个澡。特别是让汗水湿透的皮肤沾上沙子的感觉，实在让人受不住……正好又是送来配给洗澡用水的日子，而且女人特别喜欢洗男人的身体，肯定不会拒绝。

洗着洗着，男人佯装兴奋起来，猛然剥掉了女人的衣服。他反过来，帮女人洗起了身体。女人在狼狈和期待中呆立不动。她想抗拒，可想不清楚该抗拒什么。男人麻利地用小水桶舀了点热水，往她裸露的身上浇，他不用手巾，在手上擦了些肥皂，直接涂抹到女人的光身子上。从耳垂开始，移到了下巴，一手抚摸肩膀，一手绕过肩膀抓住乳房抚弄。女人发出娇声，沿着男人的胸膛，呲溜溜地滑下去，蹲在那儿。当然是做好准备等候的姿势。但是，男人并不急躁。他花费时间，更认真地从细节到细节地仔细揉搓。

女人的兴奋当然也会感染男人。可同往常不同，他们之间有一个奇妙哀婉的疙瘩。女人像刚刚沐浴过萤火虫之波，身体内侧闪耀着萤光。恰似自己放走的死囚犯，不守信用，忽然从后面朝自己开了枪。为了给冷却下来的感觉加把劲，男人显得格外狂乱。

但是，颠倒的热情总是有限度的。一开始央求的女人，不久，也因男人的狂乱而吓得要命。一种虚脱的感觉向男人袭来：射精以后精疲力尽的感觉。这时又鼓起勇气，用这个那个猥亵的幻影之锁鞭策自己，嘴里含着乳头，肥皂、汗水和沙子，像夹杂着铁屑的机械润滑油涂满了身体，互相撞击着，煽动起兴奋的情绪。他打算至少也得持续两个小时。终于女人叫疼了，牙齿咬得咯咯响，蹲伏了下来。男人在她的后面，像兔子般，才几秒钟就完事了。然后浇上水，洗掉女人身上的肥皂，把三片阿司匹林和满满一茶杯烧酒，不管女人愿意不愿意，硬是灌进了她的嘴里。于是，直到黄昏……运气好的话，直到大网篮的家伙们来大声叫唤的时候……她都会一直这样沉沉地睡着。

女人鼻子里像盖着纸片似的打起了鼾……呼吸又深又长，在她脚后跟轻轻踢了几下试试，几乎没有任何变化……像是把情欲全挤榨干净的陈旧软管。他把她脸上的手巾盖盖好，把裹在下腹绞得像绳子似的衣服，往膝盖上面拉了拉。幸好，计划直到最后都排得满满的，所以，也就没有工夫沉湎于感伤了。早就准备好的旧剪刀，费了一番功夫终于弄了上去，预定时间也已经到了。临出门的最后一瞥，像被什么撕碎似的，他感到隐隐作痛。

离洞上面边缘一米左右的地方，一道淡淡的光，浮起了个环。预计大约六点半以后得过了四十分钟了吧。现在正是时候。他把两臂向后猛拉，把头转了几圈，松了松肩膀上的肌肉。

首先必须攀上屋顶。抛东西时仰角接近四十五度效率最高。其实，他想用绳索试试登上屋顶的角度又生怕剪刀碰到屋顶的声音会把女人给吵醒。于是他省去了实验，绕到了背面，把以前晾晒什么东西的雨棚残骸当做立脚点，爬了上去。细细的木材已经有一半腐烂了，着实令他担心了一阵。谁知更令人担心的还在后头呢。被飞沙磨光了的屋顶，虽然像新葺似的，白白的木纹显露得清清楚楚，但刚一踩上去，嘎吱嘎吱，软乎乎的，像回潮的饼干。稍不留神就会踩穿。他赶快趴下，分散体重，慢慢地向前爬行。总算爬到了房梁，他以骑跨的姿势，膝盖顶着站了起来。屋顶也已笼罩在阴影中，西面洞穴的边缘腾起了结冻的小颗粒，淡淡的蜂蜜色，这可是将要出现薄雾的标志。再也没有必要去顾忌瞭望哨了。

右手握住离剪刀一米左右的绳索，他懂得甩绳的要领：在头上画个圈。目标是那边的草包——大网篮吊上吊下时，代替滑轮的草包。它既然能固定绳梯，一定埋得相当牢固。他渐渐地把绳索越转越快，瞄准目标，唰地抛了出去。谁知绳子却往完全相反的方向飞去。不应该抛掷出去吧。剪刀是沿着圆弧的切线飞去的，绳索对于目标，得选择时机出手，当绳索成为直角的瞬间，或再稍稍前一点，只要松开手就行了。对，就是这样！……但是，很遗憾，这回碰到了崖坝，掉了下去。好像是旋转速度和仰角取得不够。

他又反复投了好几次，距离也好，方向也好，都相当稳定了。虽说如此，但离命中目标似乎还相差得很远。要是能看出些许长进的样子，那倒还可以轻松几分，然而，一点不见减少误差的动静，疲劳、焦急，反而使得他更容易出错。看来是把问题想得太简单了。尽管没被谁欺骗，但他却特别生气，差一点没哭出来。

然而，概率法则“可能性与反复成正比”又不像是假的。他不再期待，几乎是破罐子破摔的心情了，可投到第十几次的时候，绳索笔直地飞过了草包之上。他忍不住打了个寒噤，嘴里麻酥酥的。吞下唾沫的嘴里，唾沫又溢了出来。现在欣喜得意，实在还太早……总算买签卜卦的钱到手了……到底中不中那是以后的事呢。他把全部的精神托付在绳索上，他觉得好像在用蜘蛛的丝把星星拉过来似的，轻轻地拉到手边。

手拉了一拉，有反应。虽然不敢立刻相信，但绳索真的不动了。他再用拉着绳索的手臂发力……幻灭的瞬间难道就在眼前吗，他拉开架势等待着……但是没有怀疑余地了。剪刀钩子死死地咬住了草包，怎么这样走运！……实在了不起，竟然挂住了！……照这样子下去，再往前一定更顺利！

他赶快下了屋顶，现在只剩那根绳索安安静静地往下吊着，垂直切断了沙壁，他站在底下。地面就在那里……令人不敢相信，真的就在那上面……他脸皮僵硬，嘴唇周围唰地掠过麻酥酥的感觉。哥伦布的蛋，一定是水煮蛋。加温加得过热，反而会过快地受伤。

他抓住绳索，慢慢地把体重加上去。忽然，绳索像橡皮筋似的伸长了。他吓了一跳，毛孔里喷出冷汗。幸好才伸长了三十厘米左右就停了下来。他把体重全加上去，这回看来没什么问题。他照手心里吐了口唾沫，用脚掌夹住了绳索，开始往上攀登。那是玩具猴子爬树的方法。也许是太兴奋了吧，额头上沁出的汗奇怪地冰凉。他尽可能不让沙子塌方，身子完全靠绳索吊住，所以，咕噜咕噜转个不停，安定不下来。往上爬没有想象中那么容易，进展甚微，引力这玩意儿可真是个顽固的东西。可是，这颤抖究竟是怎么回事呢？最终，手臂像是和意志脱了钩，勇往直前，像是自己要把自己弹飞出去似的。是呵，一想起那沾满毒素的四十六天，也是理所当然。上了一米，就成了百米的深度，上了两米，就成了两百米的深度。随着深度的增加，底下成了令人头晕目眩的深渊……实在太累了……往下看可不行！……瞧呵，那儿就是地面呀……地面上，不管往哪个方向，都有可以自由行走的道路，通往世界尽头……一爬到地面上，所有一切都在追忆的笔记本里，变成了小小的花瓣书签……毒草也罢，食肉植物也罢，都成了一片薄薄的半透明彩纸。客厅里，喝着粗茶，和暖的电灯下，成为闲话的佐料。

话虽如此，现在也没有丝毫责备那女人的心思。我可以清楚地保证：她既非淑女，亦非妓女。假如需要附信的话，我的图章就是按一二十下，也随时都高高兴兴地给她按。只是和我一样，没有掌握往返车票的本事，可以说是个傻女人。可是即使都是往返车票，出发地不同，自然目的地也不同。我的返程车票，对对方来说可是去程车票，这并没有什么不可思议的。

即使那女人有什么搞错的话，归根到底，误会不过就只是误会而已。

……别往下看，不能往下看！

登山家也好，大楼擦玻璃窗的也好，电视塔上的电工也好，马戏团的空中飞人也好，发电厂的烟囱清扫工也好，要是被底下的事吸引去了注意力，那就到了他的灭顶之时了。

二四

◇◇◇◇◇◇◇◇◇◇◇

干得漂亮！

手指甲掐上了固沙的草包，剥落下来也毫不在意，全然不顾地爬了上来。瞧哇，已经在地面上了！即使脱开手也不必担心掉下去了。然而，他还是紧紧抱着草袋子，好一会儿，都松不开臂膀上的力量。

这第四十六天的自由，被激烈的狂风吹拂着。他趴下来，闪闪发光的沙子撞击着脸、头颈。这样剧烈的风，可没有计算进去哇！……在洞穴里，一般人只能感觉到海鸣的声音更加靠近了，要在平时，现在正是风平浪静的时刻。可眼下，似乎无法期待薄雾了。原来天空的浑浊，难道只是洞穴内侧的现象吗？难道是把飞沙的流动与薄雾搞混淆了吗？反正事情变得有些棘手了。

他战战兢兢地抬起眼睛望了望……稀薄的光中，瞭望哨看上去很奇怪，摇摇欲坠。意外地虚弱，距离也很远。但是对方是用望远镜观望的，所以，不能寄希望于距离。大概已经被发现了吧？……不会吧，要是注意到了，一定会马上敲钟的。

听女人说，正好是半年以前，一个暴风雨之夜，在村西角上的洞穴，防护栏被风吹毁，房子一半被埋没了。接着是雨，裹挟着雨的沙子，比原来重两倍。房子像火柴盒似的啪地倒塌了，幸好没人受伤。第二天，那一家人试着逃跑。钟声刚响起来，还没到五分钟，就被人从后面的小路上拖了回来，说是只听见老女人的哭叫声。女人还用煞有介事的口吻添加了一句，听人说，那一家子，像是有遗传的脑病……

反正慢吞吞地可不行。他横下心抬起了头。一片阴郁、带红色的沙子，沿着沙坡的起伏，落下了慵懒的长长影子，从影子里流出的飞沙之膜，一个接一个地又被吸进别的影子去了。靠着这飞沙之膜，能巧妙地躲过瞭望哨的发现吧？……他想确认一下逆光的效果，回头一看，男人禁不住瞠目结舌。西沉的太阳裹上一层蜡笔的颜色，周围泛起乳白色的烟雾，看来不仅仅是飞沙的缘故。忽然，它们被吹散，被驱除，薄雾到底还是不间断地从地面上涌了出来。此消彼长，那边刚被赶走，这边又露出了脸……以洞穴里的经验，他很了解沙子会回潮，但没想到竟会如此厉害……那情景简直是灭火以后的痕迹……不用说，因逆光的关系，淡淡的薄雾终于到了显眼的程度，总算能蒙蔽监视人的眼睛，它成了最好的迷彩。

他穿上了鞋子，把盘整好的绳索揣进了口袋里。缀着剪刀的绳索，万一有什么不测，还能当武器抵挡一阵呢。要选择逃跑的方向嘛，他尽可能朝逆光所保护的西面去。还得快些找到适当的隐蔽处，躲藏到日落时分。

走吧，快！……嗯，沉下腰，往低处奔跑！……并没有让人慌慌张张的事……谨慎点儿，充分留神周围，赶快……快，在这个坑里趴下来！……没发出可疑的声音吧？……没有不祥的预感吧？……没有的话，赶快站起来再往前走……太靠右了不行！……右面的坝太低了，恐怕会被坝里的人看见……

由于每天晚上搬大网篮，洞穴和洞穴之间，刻着一条条笔直的沟。沟的右面，是一片起伏多端的平缓斜坡。那下面有第二排房子，只能稍稍瞄到一点儿屋顶。因为有海边那一排房子保护着，所以坝很低，防沙用的篱笆墙还能起作用。外面的坝上一定能自由出入吧。他稍稍抬起了身子，甚至能够看清村子的深处。起伏的沙子，宽阔地呈扇形展开，扇轴周围，瓦屋顶、铁皮屋顶、木板屋顶，黑压压的一片……虽说贫穷，却也有松林，也看得见池子似的水塘。原来为了保护这一点点风景，面海的十几户人家，才甘于忍受奴隶般的生活啊。

那些奴隶的洞穴，现在并排在道路的左侧……到处都是拉大网篮的沟坎，前面埋着一个个磨秃了的草袋子，告诉人们那里有洞穴……就是看一眼你也会觉得难受。草袋子上有不吊绳梯的，也有吊着绳梯的，似乎还是吊着绳梯的居多。看来连逃跑意愿都已丧失的家伙，还不在少数呢。

竟有这样的生活，当然，也并非无法理解。有厨房，有燃着火的灶台，有代替桌子、堆着教科书的苹果箱，有厨房，有围炉，有煤油灯，有燃着火的灶台，有破了纸的隔扇门，有积着煤灰的天花板，有厨房，有正在走时的钟和已经停止了的钟，有响着的收音机和坏了的收音机，有厨房和燃着火的灶台……镶嵌在其间的百元硬币、家畜、孩子、性欲、借据、通奸、上香、纪念照片……令人可怕的完全的反复……这虽然和心脏跳动一样，是生存所不可缺少的反复，但事实上心脏跳动并非生活的全部。

嘘，快卧倒!……不，什么也没有，只是乌鸦……到底没有抓一只做标本的福气，算啦，这种事不谈了。只有梦见难以相信之梦的时候，才会希望得到刺青、徽章、勋章。

不久，他像来到了村落的尽头，道路和沙丘的棱线重叠，视线开阔，左手边望得见大海。风里夹杂着潮水的咸味，耳朵、鼻翼像抽响铁陀螺似的嗡嗡呻吟起来。扎在颈子上的手巾飘打在脸颊上，这里到底没有涌起薄雾的力量。海上像镀了一层朦胧的耐酸铝，涌来一阵小波浪，像煮沸牛奶上结起的那层皱皮。食用青蛙卵似的云彩像被压碎了，太阳不愿沉溺，死缠硬磨地撒娇。水平线上，不知距离，不知大小的黑黑船影，聚成一点，停了下来。

前面，直到海边，都是十分平缓的沙丘，重重叠叠了好几层，蜿蜒起伏。再这样往前走下去，恐怕会有危险吧。他迟疑了，回头一看，幸好瞭望哨被小沙丘挡住了，遮断了那边的视线。他一点点慢慢抬起身子，立刻被一个只有从这个角度才能看清的窝棚吸引去了视线，那窝棚就在右面斜坡上的阴影里，横倒着几乎被埋没了。下风处成了个深深的坑，像用汤匙剜了一下似的。

真是个绝妙的隐蔽场所……沙之纹理像贝壳内部般光滑，到处都没有人走过的痕迹……但，你这家伙自己的脚印怎么样了？……回过头一看，三十米开外的脚印，已经完全被抹掉了……就是脚跟前，也眼看着崩塌变形……遇到大风的日子，看来也并不见得全是坏事。

他正想往小屋背后兜上一圈，忽然从里面窜出一条黑影。矮胖得像头猪。细一看，原来是一条红狗。吓唬它可不行，到那边去！谁知，狗紧紧盯着男人，一点儿也没见退缩的迹象。它一边的耳朵耷拉着，有一双不相称的小眼睛，给人一种十分阴森的感觉。狗的鼻孔翕动着。大概要叫起来吧？你敢叫叫看……他手伸到口袋里捏住剪子……它叫的话，就叫它脑袋开花！那狗一声没吭，默默地盯着这边。是条野狗吧？……没有光泽，稀稀拉拉的秃毛……像患过皮肤病似的，鼻脸上净是疮痂……听说不叫的狗，最危险……妈的，应该带点什么吃的来……是呵，说起食物来，他忽然想起忘记带走氰化钾了……算了，女人也不会注意藏氰化钾的地方吧……他小声吹了声口哨，伸出手去，想吸引狗的注意力……作为回答，那条狗翻起了熏制鲱鱼似的嘴唇，缝隙间，露出了沾满沙子的黄板牙……这家伙，难道看到我就勾起食欲了吗？……实在讨厌它那粗大的喉咙……戳它一下，要是能把它迅速制服就好了……

谁知，狗挪开了视线低下头，像什么事也没发生过似的慢吞吞离开了。看来被我吓唬住了吧。眼睛紧盯着野狗也会令它折服，足见我还是有点气魄的。他“哧溜”一下滑进坑中，就那样背靠着斜坡。也许因为挡住了风，他忽地感到呼吸顺畅多了。狗在风中一脚高一脚低地走着，不一会儿就消失在飞沙的那一头。这既然是野狗找的落脚处，就能保证人们不会接近吧……只要那条狗不到农协的事务所去报告，这里暂时是安全的。连缓缓渗出的汗水，也使人感到心里舒坦。一片寂静……简直像被封在橡胶底部似的……他就像抱着一个不知何时会爆炸的定时炸弹，却没去注意定时器上嘀嗒嘀嗒钟摆的声音……假如是那个麦比乌斯圈，他会当场分析情况，振振有词：

“那玩意儿，嗨，是典型地通过手段目的化来起镇痛作用的。”

“正是如此呢。”他轻易地表示了同感，“可是，手段啦，目的啦，难道必须一一地区别开来吗？……按需要，适当地区分……”

“那可不行。怎么能纵向地生活在时间中呢？时间呐，本来就是横向流动的。”

“纵向地生活会怎么样呢？”

“那肯定会成为木乃伊喽！”

男人吃吃地笑着，脱了鞋。时间确实像横向流动的。他再也无法忍受鞋子中积存的沙子和汗水。脱了鞋，叉开脚趾迎着风。然而，动物笼子这玩意儿，无论如何总会发出难闻的气味吧？……如果有散发花香的动物也是可以的嘛……不，这是我的脚臭味……这么一想，心里竟忽然涌起阵阵亲切感，真奇怪呀……记不清是谁，有个家伙竟然说，没有比自己耳朵后面的污垢更美味的东西了，甚至比正宗的奶酪还好吃……尽管没到那种程度，然而，蛀了的虫牙气味，确实有一种蛊惑人的气味，怎么嗅都嗅不厌似的……

小屋的入口，一半以上被沙子堵住了，看不清里边的情景。是口老井吧？为了防沙，井口盖一间小屋也并没有什么奇怪。不过，这地方不像是有水源……他想伸头看一看，这回正宗的狗气味扑鼻而来。动物的体臭，的确是超越哲学的存在。有个社会主义者说过，他喜欢朝鲜人的精神，却受不了那股气味……话虽如此，但要是时间横向流动的话，快点流起来给我看看呀！……期待和不安……解放感和焦虑……这种焦躁，最受不了。他把手巾摊在脸上，向后仰着倒了下去。这玩意儿就是我的气味，就是说奉承话大概也算不上上等吧。

窸窸窣窣，有什么虫在脚背上爬……要是虎甲一族的话不会有这样的爬行方法……肯定是步行虫一类，瘦弱的六条脚好不容易拖动体重……男人连确认一下的心思也没有。他甚至怀疑，假如那虫真是虎甲，自己会不会跟上去。恐怕他自己也作不出肯定的回答。

风把手巾吹了起来。沙丘的一条棱线闪着金光，映入眼角。缓缓高涨起来的曲面，以那条金黄线为界，以一个笔直的角度滑入了阴影里。这个空间的构成里，有异常紧迫的感觉。男人被一种神秘的情绪控制着，想碰上个什么人，这不禁使他打了个寒战。——（不错。真是罗曼蒂克的风景……只有这种风景才大受最近年轻游客的欢迎……了不起的绩优股呀……作为此道的经验者，绝对能保证将来的发展哟。所以，首先得赶快宣传！不宣传，连苍蝇都不肯靠近……说不知道，跟没有一个样呐……真是抱着金碗讨饭。可怎么做才好呢？……找个技术好的摄影师制作一套漂亮、精致的明信片。过去是先有名胜地，然后才有明信片……可这回先做明信片……然后，才有名胜，这也是常识哇。于是拿两三个样本去，至少请人看看这玩意儿）——想下圈套，反而把自己给套住，就那样病死了，那个可怜的明信片推销员。不过，无法想象那个明信片推销员有着三寸不烂之舌……也许他出人意料的认真，将梦想托付给这里的风景，赌上了事业……这美好的本质，究竟是什么呢？到底是因为自然所拥有的物理规律的精确性呢，还是由于始终拒绝人类理解的冷酷性呢？

本来，直到昨天，只要一想起这样的风景，胸口就像要吐一样的难受。事实上，像明信片推销员那样的诈骗犯，最终还是会大发雷霆，觉得那是个早就为其准备好了的圈套。

然而，谁都没有理由认为，那洞穴里的生活和这风景是互相对立的。美丽的风景，任何地方都没有宽容人的必要。结果，认为沙子拒绝固定，是我的出发点，这可没有错乱的念头。1/8 mm 的流动……状态原封不动存在的世界……这种美简直是属于死之领土的东西。通过巨大破坏力和废墟的庄严所反映的，死之壮美。……不，等一等。但对于捏着往返车票不肯放手的议论是没有立足点的。猛兽电影、战争电影的乐趣在于，哪怕逼真到令人心脏病发作的地步，只要打开门，等待我们的依然是延续了昨天的“今天”……难道会有荷枪实弹前往电影院的傻瓜吗……沙漠之中，被迫把自己的生活融入风景的，充其量，是一些只知单程车票的游牧民，喝自己小便代替喝水的特种老鼠，以腐肉为饵食的昆虫，等等。如果它们顽固认为，车票本来就只有单程的，那么，它们就不必徒劳地试着模仿贴在岩石上的牡蛎那样，往沙子上贴。不过，这些游牧方式如今连称呼也改为畜产业了……

是呵，要是对女人说说这些风景的事也许会好一点吧……该给她听绝对无法通用往返车票的“沙之歌”，即使音程多少有些紊乱也没关系……而我做过的事，充其量是以别的生活为诱饵，吊女人上钩而已，不过是模仿蹩脚色情演员的卑劣行径。连精神都不放过，就像鼻子尖被摁到了沙壁里面，套上纸袋的猫。

棱线的光，忽地消失了……整个风景眼看着沉入了黑暗。不知何时，风也止住了。这样，薄雾一定又会开始强劲起来。天突然黑了下来，大概也是这个关系吧。

好吧，开步走喽。

二五

◇◇◇◇◇◇◇◇◇◇◇

搬运大网篮的家伙们，工作之前总得先穿过村落。根据以前的经验，还有一个小时左右的富余时间。为安全起见，还是保证在四十五分钟之内为好。海角的延长线，像拥抱着村落似的，依次往深处蜿蜒而去，一直到达东面的入海口，把村落的通道挤成狭窄的一条小路。要是到了那一带，海角的屏风岩就已经到顶了，最多只有斑驳的高高小沙丘。朝右眺望村落里被薄雾渗透的灯光，笔直走的话，看起来几乎就是延伸到那周围去的。算算距离，大约有两公里……在那前面，已经是村落的外面，那里东一块西一块像是散落着些掺着沙子的花生地，记不起来见过有房子模样的建筑。只要翻过沙丘，然后，再穿到大道上去也可以吧。大致都是红土铺地的道路，拼足劲儿奔跑的话，到国道大约要十五分钟。如果能跑到那里，我就算赢了。只要路上跑着公共汽车，也就跑着人的正气……

于是，穿过村落所需时间，计算起来得扣除三十分钟。这片沙地上，时速四公里相当难达到。沙地上的艰辛，比起脚陷下去，更难受的是，想起步时往往白费力气。要奔跑的话，浪费更大。倒是大踏步地走好像还比较有效。但同时，作为沙子吸收“力”的补偿，它把脚步声也给吸没了。不用去担心脚步声，说它是优点吧，倒也是个优点。

嗨，注意脚底下！……大概摔一跤也不疼的关系，他并没当成一回事，只要有稍稍隆起的沙包，或者沙坑，他都会被绊倒，膝盖着地……虽说膝盖着地倒也没什么，可万一碰上个深深的沙崖该怎么办！

周围很暗，沙子到哪里都是重复着不规则的蜿蜒曲折。蜿蜒曲折中还有曲折，由几处更细小的起伏分割开来。既定目标那村落里的灯光，被蜿蜒无尽的连峰遮住了，进入不了视野。这时只能凭直觉，一边修正方向一边前进，可老是出现令人愕然的误差。恐怕无意识中一直追求着亮光，所以，才跑到高处来了吧。

瞧，又错了！再靠左！……这样走下去，要笔直走到村落里面去喽……已经翻越了三个小山似的沙丘，可亮光却一点没有凑近……简直像在同一个地方来回兜着圈子。汗水流到眼里……脚停了一下，呼吸困难。

女人该醒了吧？……醒来一看我不在，她会有什么样的反应呢？……不，不会这么快发现的……大概会以为我在后面上厕所吧……今晚女人累得很……一直睡到天黑才惊醒，好不容易才爬起来吧……然后，发觉大腿间干得咯嘣咯嘣，还火辣辣地微微生疼，这才想起今天早晨的狂态……女人摸索着油灯，脸上会浮起羞答答的微笑吧……

然而，那份微笑里，没有我必须承担责任和义务的规则。我的脱逃，如果使女人有所失去的话，那最多不过是些可以换来收音机和镜子的生活残片。

“真的帮了大忙了……和一个人的时候不同，早上可以慢悠悠的，还能提早两个小时收工……我想，将来跟组织上说说，再弄点儿家里干的活……然后，存点儿钱呐……那样的话，就能买镜子、收音机什么的了……”

（收音机和镜子……收音机和镜子……）——那样执着，仿佛人的全部生活，就只有这两样东西组成似的。原来如此，收音机也好，镜子也好，在连接他人这一点上，两者确实有相似的性质。或者可以说是关系到人存在的某种基础欲望。不说了吧，到了那边，马上买一台收音机寄给她吧。倾其所有给她买一台最高级的半导体收音机。

可是，镜子嘛，似乎难以保证。镜子在这里是消耗品……只半年工夫，镜子里边的水银膜便会浮起来，过了一年，镜面不断让飘流在空中的沙子摩擦，连透明玻璃都会变成毛玻璃……和现在的镜子一样，照出一只眼睛，鼻子便模糊了，照出鼻子，嘴巴就照不见了。不，并不是什么耐用不耐用的问题。和收音机不同，镜子为了成为通道，首先必须以存在“瞧着自己”的他人作为前提。如果已经到了没有机会再让人瞅一眼的地步，那镜子还有什么用呢？

怎么，吓一跳，侧耳朵听就可以了！……大概不多占用时间吧……说得对，那家伙巧妙地逃走了……她会叫唤起来吧？……茫然若失吧？……也许会悄悄落几滴眼泪吧？……不管怎样，反正已经没我的责任了……不需要镜子的本来就是你自己嘛。

“……这也是在哪儿读到过的事情……喏，最近不是有很多人离家出走吗？……谁都以为是生活环境恶劣造成的，其实并非仅仅这个原因呀……听说有个中等程度的农家，新购置了土地，新添置了机器，经营也还马马虎虎过得去，谁知这家的大儿子突然离家出走了。原本他是个老实巴交热心工作的青年，谁也搞不清是什么原因，连他父母亲也抱头苦思，不知是怎么回事。农村里人嘛，都爱面子，讲究情面，连后嗣都离家出走，肯定有什么难言之隐吧……”

“是呀……情面，不管怎么说都该讲情面……”

“于是，一个亲戚特地出去打听。说是实际上，既没有和女人同居，也没有吃喝嫖赌欠债的样子，没有一点具体的动机。那么究竟是怎么回事呢？……听听那青年人说的，更让人摸不着头脑……他就说了句‘再也忍受不下去了’，其他的，连他自己也说不清楚。”

"真的呢，世上真有鲁莽的人呐……"

"可是，真要是想起来，那青年的心思也并非不能理解。农民呐，增加土地，就意味着增加工作量……结果，不只是劳苦，最终能到手的，只有更加辛苦的可能性……其实，农民嘛，只要米和山芋有收获，还算不错呢。与此相比，这清沙的活儿呐，简直就像在冥河河滩上堆石头——白费劲！"

"冥河河滩，那，最后将会怎么样？"

"什么都不会成呀……什么都成不了，这不就是地狱的惩罚吗！"

"那个要继承产业的儿子后来怎么样了？"

"后来嘛，这一开始就计划好了的，就职的地方肯定早就找好喽。"

"后来呢……"

"后来，就在那里干起来了嘛……"

"后来，后来呢……"

"后来嘛，是呵，开工资那天领钱，礼拜天，换好衬衫，看电影去喽。"

"那以后呢？"

"以后嘛，不直接问他本人，谁也不知道哇！"

"看来也是，存了钱，去买收音机什么的吧……"

哎呀呀，原以为总算爬上来了，谁知还在半路上……

不，不对了……这里已经是平地了……那么，目标的亮光哪里去了？……他怀着半信半疑的心情，又试着继续往前走了一段……确实，这里像是沙丘的棱线的顶上了……可是，看不见亮光，究竟是怎么回事呢？不祥的预感，让他的双脚打起抖来。想来想去，刚才的偷懒，看来是失败的原因。一个陡坡，连方向也不辨，哧溜一下就滑了下去。那峡谷可是比想象的要长得多。不仅深，而且幅度很宽。况且，几层曲折，在峡谷底部，错综复杂地交错着，这才使判断出了毛病吧。即使如此，他还是搞不懂为什么看不见亮光了……行动半径最多只有一公里以内的误差……即使迷了路，也没什么了不起的……他心里老是想着靠左边走，这也许是出于对村落的警戒心，他觉得自己很可能是想接近灯光，才毅然决定选择右边那条道走的……不久，薄雾会消散，星星也会出来了……无论如何得瞭望一下，他不管方向，往稍微高一点的地方攀登而去，从结果来看是最快的方法了吧……

话虽如此，还是搞不清……想死都想不通，女人为什么会那么执着地待在那“冥河河滩”呢……说是“爱乡精神”，说是“情面”，把它们全抛弃的时候，有一些一起丧失的东西，才能称得上是丧失……究竟她拥有哪些可以失去的东西呢？

（收音机、镜子……收音机、镜子……）

当然，会给她寄收音机的……可是从结果来看，反而是失去的东西更多，譬如，你很喜欢的，让我冲淋洗澡的仪式再也不会有了。哪怕牺牲洗涤衣物，你也一定会留下一点儿仅够我擦擦身体的水。滚烫的水溅到我大腿间，你就像自己溅到了热水似的，扭着身子呵呵地笑个不停。再没有发出那笑声的机会了。

不，别有所误解……我和你之间，从一开始就没有任何契约关系。既然没有契约关系，当然也就不可能有毁约的事。而且，我这头也并不是没有一点儿损失。譬如，那个，一星期一次，像从堆肥里榨出的烧酒的气味……看起来像雨水槽似的有弹性的肌肉，浮起在你大腿内侧……蘸着唾沫，擦拭黑橡皮似的下体，清洗皱褶里囤积的沙子时，那种不知羞耻的感触……而且，让这一切变得更加猥亵的，那种羞答答的笑……其他全部算起来，该是个不小的数字。你就是不相信，那也是事实。男人具有比女人更沉溺于破碎片断的倾向。

再想一想村里人们的行径，我的损失，怎么算都计算不过来呢。我们两人之间个人的账根本不是问题。反正打算彻底的报仇……只是怎么做才能给予最大的打击，这一点还不十分清楚……最初打算放一把火烧了村子；往水井里投毒；搭一个陷阱，引诱责任者从边上掉进洞穴里去。以这种直接的手段，专门来鞭策空想，激励自己，可是，一旦真有了实行的机会，就不会说这种孩子气的话了。反正个人的暴力等等，也就那么点儿小事。看来只有诉诸法律了。那时，这事件残酷程度之意义，究竟在法律上，能够理解到什么程度，多少还有些悬念……算啦，至少先找县里的警察，送上各种报告。

是呵，后面还有最后一项……

等等！……刚才那响声是怎么回事？……听不见了……大概听错了吧。然而，村落的灯究竟都到哪儿去了呢？就算地形再复杂，也有些不对劲了吧。能够想象的只有这种情况：我的舵总是偏左，迂回到海角那边，所以，那里高高的棱线就此挡住了村子……不能再慢吞吞的……下决心靠右，转换方向试试。

……最后，还有一样不想忘记的事，那就是对我的疑问，你自己最终也没能清楚的回答。记得，那两天连着下雨。一下雨，沙崩威力增大，可飞沙的量要比平时少得多。第一天稍微多干一点活，第二天可以轻松许多。利用这难得的闲暇，怀着深深执着的心情，我决定好好地追问一下。我要以剥去皮肤病上疮痂那样的耐心，捅出留住你的真正原因。那种死缠不放的劲头，连自己都感到吃惊。一开始，你疯疯癫癫，赤身裸体地在雨中嬉戏，可终于被追问得掉下了眼泪。最后，你说自己不能离开这里的理由，没有别的，是因为丈夫和孩子的遗骨埋在这儿。有一天刮台风，他们和家畜棚一齐被埋掉了。原来如此，这样的话倒是能够理解。非常实际，以前对我不说也是情有可原的。反正就此相信了你。我又想好，第二天一大早，削减掉睡眠时间，去找骨头。

按着你指示的地方，我整整挖了两天。然而，别说骨头，就连小屋的残片，竟一块也没有挖出。于是，你又指了一个地方。那里也是什么也没有，你的指示又改变了。就这样，折腾了五次，算起日子来，怕有九天了吧，一直是徒劳。结果，你又露出哭丧的脸，开始辩解。说什么房子的位置像是改变过了，说什么不间断的沙的压力，也许使得正房自身的位置、角度都有些错位了，洞穴自身，也许从原来的位置移动开了。说不定家畜棚、丈夫和孩子的遗骨，已经到了与邻居家相隔的厚沙壁底下了吧。说是看情况，有可能全都进了邻居家院子的底下。确实，从道理来说，还算说得过去。但是，与其说你是在撒谎，倒不如说你那貌似不幸难过得要命的表情明显表示了，你从一开始压根儿就没打算告诉我。遗骨嘛，也不过是个借口。我再也没有生气的力气了。而且，我不再执着于我俩间的恩怨了。我想，这事就是你，也不会想不通吧……

怎么啦，这个！……男人惊慌失措，全身伏倒在地面上……实在太唐突了，他一下子无法应付眼前的情况……忽然，村落的全景展现在他眼前！……他好像面对着连接村落的沙丘之峰，转了个直角走来的……就在视野开阔的一刹那，他其实已经走进村落里来了……还来不及判断，眼前粗糙的土墙周围，传来充满敌意的狗叫声。接着，一条狗，又一条狗，引起了惊人的连锁反应，迅速铺开。幽暗中，狗咯嗒咯嗒，龇牙咧嘴，一点点逼近。男人抽出一头系着剪刀的绳索，跳起来，撒腿就跑。已经没有选择余地了，往后只有迎着村子的出口跑了，这是最短的路线！

二六

◇◇◇◇◇◇◇◇◇◇◇◇

男人跑了起来。

村子里的建筑物飘浮在微明的灯光中，现在也沿着一条轨迹，只能区别出通道和障碍物两种东西。在狭窄喉咙间隙发出声响的、流动的风之味……温热的铁锈味……眼下就像在要掉落的弯曲断裂的玻璃薄板上，作着绝望的打赌。他希望搬运大网篮的家伙们还未出门，其实时间已经太迟了；他希望他们全都到海岸那边去，可时间又还太早了。实际上，刚才并没有听到三轮摩托的声音。那种疯狂的两缸引擎声音，就是一公里之外也不该听漏。作为条件，眼下实在是坏得不能再坏了。

忽然，从幽暗中窜出一团黑乎乎的东西。一条相当大的狗，从没见过的狗，大口大口地喘着气。但那狗好像没有受过攻击训练，临到该露出牙齿时，它却傻乎乎地叫了一声。他赶紧挥了下手臂，系在绳索上的剪刀有了击中的反应，只听那狗恨恨地叫了一声，重新融入黑暗之中。还好，只有裤子的下摆给咬开了。一个跟头，脚被捉住了，他倒下去一个鹞子翻身，爬起来，又跑开了。

谁知，狗不止一条。似乎有五六条。也许第一条狗的失败，把它们都给镇住了，它们站得远远的，充满威胁地叫着，觊觎着空当。先前在窝棚里看到的那条胖胖的红狗，像是在狗群后面煽动着。他以五十厘米左右的半径，旋转着手中的绳索，以此为盾牌，一边左右牵制，一边越过空地上的贝壳山，在狭窄的粗垛墙之间穿梭奔跑，穿过铺着稻草的院子，总算跑到宽阔的大道上来。快，再加一把劲，就能跑到村子外面了！

道路前面，有一条小沟。两个年幼的孩子，像姐弟俩，惊慌失措地从沟里爬出来。等他注意到为时已晚。他侧面避开绳索，已经倾其全力了。于是，三人撞在一起滚翻下去。沟底有一根水管似的东西，发出木板碎裂的沉闷声音。孩子们哼哼呀呀哭起来……妈的，怎么回事，光知道哭喊！……他使劲甩开孩子，正要往上爬时，三道手电光，一字儿排开，挡住了去路。

同时，钟声大作，孩子们大哭……狗不停地叫……每敲一下钟，他的心脏就抽紧一次，毛孔张开，扑簌簌地爬出无数米粒大小的虫子。一个手电筒，像是能调节焦点，刚还以为灯光柔和，突然变成炽热的针，直刺了过来。

管他妈的，横冲直撞，从正面进攻……翻过那儿，就是村落外面了……以后也许会后悔，成败就看此招……快，别磨磨蹭蹭的！……就这一瞬间，你现在不抓可就来不及啦……乘机抓住下一个瞬间，后面就没法追上来了！

正想着呢，手电筒把他包围起来，一边向左右散开，一边慢慢地缩短距离逼过来。他把所有力量集中在抓绳索的手臂上，绷紧了腰，他很难作出决断，只把指甲毫无用处地扎进脆弱的地面。散开的手电筒之间，闪动着几个影影绰绰的人影。况且，道旁那看起来像洞穴的暗影，分明就是一辆三轮摩托车。就算这一次冲出重围，后面立刻就会追上来吧。身后传来停止哭闹的孩子奔跑的声音。忽地，灵机一动，有了个绝妙的想法：抓住孩子当挡箭牌！把孩子当人质，能够阻止那些家伙的接近！……可是，回过头正想去追，谁知又有别的光在那边等着。路被截断了！

他像被弹回去似的，拼命往来的路上跑回去。几乎都是反射的判断，尽可能横穿过连着海角的沙丘。村落里的人们，大叫着追过来了。大概是太紧急了，膝盖像被抽掉了关节似的，跑起来嘎吱嘎吱地响。他不时回头张望，出人意料的是，他居然一直能和追兵保持一段宽宽的距离。

不知到底跑了多远……已经登上好几个斜坡，跑下好几个斜坡了。他用足力气，憋足劲儿，简直像在梦中一样，白白空耗着力气。可现在已无法再谈什么“力的效率”之类的了。从舌头的深处，涌出掺杂着血腥气的甜味。黏糊糊的，想吐也吐不出来。他把手指头伸进去，硬抠着吐了出来。

钟声还在持续不断地响着，但距离已经很远，稀稀拉拉。狗叫也远了，听起来像是无可奈何的悲鸣。现在搅乱周围空气的，倒是他自己的呼吸声，那种用平锉刀锉铸件的声音。追兵的油灯，还是老样子，三个并排，上下摇曳，既没有特别接近的样子，也没有特别疏远的样子。逃跑的一方，追击的一方，奔跑的难度是一样的。以后，可就是耐力问题了。这一点上，也不能说放心。也许因为过于持续的紧张关系，不，可能是意识里产生了断层，他心里忽然掠过一阵胆怯的情绪，像在企望干脆早点精疲力竭吧。这是个危险的信号……对这个危险要是有所思想准备，那倒还不错……

鞋子里灌满了沙，脚指头疼起来。回过头来一看，追兵拉在右后方七八十米远的地方。怎么回事，走错路线了吗？恐怕是太想避开斜坡，反而干出那样的蠢事来。对方像是也十分疲劳……常言道：追兵易衰……他赶快脱了鞋，光着脚丫……口袋鼓胀，会变得累赘，他把口袋掖进裤腰里。定了定神，一口气跑上陡坡。按这气势，弄得好，不一定会输给那些家伙……

月亮还没有出来，星星的闪光，在周围洒下模糊斑驳的阴影，当然，还无法清晰地分辨远处的山脊线。怎么老感觉像是朝着海角的前端那一带跑。我的舵常常有偏左的坏习惯。他正想改变方向，忽地吃了一惊。原来，自己和追兵的距离竟然在渐渐地缩短。他这才注意到了追兵的意图，愕然不止。

乍一看，他们的追击很笨拙，实则是把他往海里赶，其实很有计划。他不知不觉之中被他们诱导了。仔细一想，就连那个手电筒，看来也是故意告诉别人自己位置的。他们不即不离，始终保持这个距离，恐怕是经过计算的吧。

不，要说死心那还太早。听说有一处通往屏风岩的道路，实在不行的话，就往海里一跳，绕到海角的背面，也并非没有可能。一想到被抓回去，现在这情况，可就没有犹豫的余地了吧。

长长的上行缓坡不断，猛地陡坡直下……又忽地一道上行陡坡，进而又是长长的下行缓坡……他一脚高，一脚低，就像穿珠子似的，一步步攀登，不停地忍耐。不知何时，钟声不响了。风声、海啸声、耳鸣声已经无法区别开来。他又爬上一个斜坡，回头一看，追兵的灯消失了。等他喘息稍定，灯还未出现。

难道我成功逃脱了吗？

期待的兴奋给心脏以压力，假如真是这样，那就更不能休息了……好了，再来一口气，跑去下一个沙丘！

忽然，跑不动了。脚重得要命。脚上这份重量，可不寻常。不仅有这种感觉，而且，脚下真的开始泥泞起来。

待他觉得像踩在雪地上一样的时候，小腿的一半已经陷进去了。他吓了一跳，赶忙提腿，谁知另外一条腿挣扎使劲，这回扑哧扑哧竟淹没到了膝盖。怎么回事……曾听说过有“食人沙”之类的东西……他挣扎着，试图摆脱，谁知越是挣扎越是陷得深。两脚已经埋到大腿根部了。

好哇，原来是个圈套！……原来那些家伙瞄准的不是海，而是这里！……他们打的鬼主意：用不着费神捉人，就能迅速抹杀掉我呀！……的的确确是抹杀……就是魔术师的手绢也没有这么高超……来一阵风，就能把什么都刮得无影无踪……连比赛得一等奖的警犬，也敌不过……那些家伙们，现在怎么可能若无其事地出现呢！……什么也没看见，什么也没听到……一个傻瓜外乡人，稀里糊涂地迷了路，就此消失了……那些家伙们的手一点也没弄脏，就解决了一个……

沉下去……沉下去……马上就要超过腰骨了……究竟怎么办才好呢！……接触面宽的话，相等面积的体重会变轻，也许多少能防止一些下沉……他张开两臂，猛地趴下来……然而，已经晚了。说是趴着，其实下半身，已经被垂直地固定起来了。本就已经发酸发麻的腰，不可能一直是保持直角。要不是经过长期训练的杂技师傅，这样的姿势早晚会撑不住的。

多么黑暗呐……人世间，闭上眼，塞上耳……我就要死了，可谁也不会回过头来看一眼！喉咙深处，连续不断的恐怖突然炸裂了。男人有气无力地张开嘴，发出野兽般的叫唤。

“救命啊！”

陈词滥调！……喔，陈词滥调，可以……临死之际，什么个性，净扯淡，什么忙也帮不了。被模具压成各式造型的粗点心似的活法也可以，无论如何想活下去！……现在已经埋到胸口了，埋到下巴了，慢慢接近鼻子底下了……够啦够啦！已经足够了！

“求求你们，救命啊！……什么话都好说！……求求你，救命啊！……帮帮忙！”

男人终于哭了起来。起先还强忍克制着，呜呜咽咽，不一会儿就号啕大哭起来。可怜的崩溃感觉里，男人恐怖得直打哆嗦，此命休矣。谁也没瞧见，没有办法了……实际上这种事，没有任何手续也做得成，太不公平了……死刑犯死的时候，也还能留个记录下来……不管再怎么大叫大喊……谁也没看到，运气太差！

所以，当背后忽然传来声音时，他这一惊非同小可。只觉得自己被打得落花流水。连惭愧羞耻的心情，也像蜻蜓翅膀着了火，悄无声息地缩成一团，变成了灰。

“来吧，抓住这块板！”

一块长长的木板滑了过来，撞在侧腹上。光环切断天空，停在那块板上。他将活动不便的上半身扭过来，朝着背后的人们，苦苦地哀求：

“帮帮忙，用这根绳索拉吧……”

“瞧你，这又不是拔萝卜……”

顿时引来一阵哄堂大笑。虽看不清楚，但估计约莫有四五个人。

“马上把大网篮拖来，你再忍一忍吧……你把胳膊靠着木板就不会有事，用不着担心……”

他按照吩咐，撑起肘部，抱着头。汗水将头发浸得湿淋淋的。他一心只想着，哪怕一分钟也好，尽早结束这种耻辱至极的状态，此外，没有涌起任何感激之情。

“可这到底是怎么回事呀……幸好我们从后边追了过来，你可真造孽，这周围呐，连狗也不靠近哇……可危险呢……搞不清有多少人，糊里糊涂就这么一去不复返喽……正好是山背面，成了旋风口哇……冬天刮风下雪……而且，还刮沙子呢……在那之上，又堆积了一层雪，这样大约一百年，像薄薄的煎饼似的层层堆叠起来……这还是听以前的联合组织长家里，那个去镇上学校的二小子说的呢……可真带劲儿……往底下挖下去，弄不好还能挖出些个值钱东西来呢……”

这葫芦里到底卖的是什么药哇！现在谁有心思去听这种不痛不痒的啰嗦话呀……倒是只有凶神恶煞的句子，才配得上现在这种场合……他真希望至少在这一钱不值的绝望过程中，别再来打搅自己了……

终于背后叽叽喳喳，像是大网篮到了。三个男人，在鞋底下垫上了板，歪歪倒倒地，开始从远处往他身边挖掘过来。沙子扑扑地一层层坍塌。理想、绝望、羞耻、体面都被这些沙子埋葬了，消失了。就连男人们的手搭上他的肩膀，他都没哆嗦一下。要是听他们吩咐，脱下裤子的话，众目睽睽之下，也许连大便都会下来吧。天空很亮，不久，月亮也会出来吧。女人会是什么表情来迎接呢？……管她什么样……眼下就是当挨打坯子也会习惯的。

二七

男人腋下吊着绳索，像吊货物似的又给吊回洞穴里去了。谁也没说话，简直就像在举行葬礼。洞穴又深又暗。月亮洒下绢绸似的淡淡光芒，笼罩着整个沙丘，连风纹和足迹都像玻璃皱褶似的浮现出来，然而只有洞穴这里，像是被拒绝加入风景似的，只有伸手不见五指的黑暗。可是他并不怎么在意。他茫然地抬头看看月亮，头晕目眩，只想呕吐，疲倦到了极点。

女人站在幽暗之中，比幽暗更黑暗。他让女人搀扶着，拖着步子往睡觉的地方走去，可他怎么一点都看不见女人。不，不仅是女人，所有的轮廓都模模糊糊看不清。尽管倒在了被窝上，他心里似乎还拼命地在沙丘上奔跑……持续不断，就连梦里都在不停地跑……就因为这缘故，他的睡眠很浅。大网篮来往的声音，远处狗的叫唤，全都原封不动地留在了记忆里。女人回来吃夜宵，点上了他枕边的油灯，这一切，他都知道得清清楚楚。睡到半夜，他起来喝了口水，于是，就再也睡不着了。虽说如此，但他还没有力气去帮女人干活。

他无所事事，点上油灯，茫然地喷吐着烟圈。一只肥肥的，但似乎很敏捷的蜘蛛，咕噜咕噜绕着油灯转着圈子。要是小飞蛾的话倒还说得过去，可具有趋光性的蜘蛛倒很少见的。他忽然产生一个念头：用香烟头烧死它。蜘蛛转圈的半径，大约有十五厘米到二十厘米，它像钟表的秒针似的，不停地、一丝不乱地绕着圈子。也许不光是趋光性吧。他期待着有好戏看，果然，不久就有一只小虫迟迟疑疑地过来了。两次、三次，在天花板上映现出大大的影子，它冲着灯罩撞了过来，停在金属的把手上，然后，就再也不动了。与下等的外表不太相称，小飞蛾老是畏缩不前。他把香烟头按在虫的胸口上。又把破坏了中枢神经、四脚乱蹬的小虫，拨到蜘蛛要经过的路上。立刻，期待中的好戏开场了。刚觉得它会跳起来，谁知一瞬间，蜘蛛已经贴近了牺牲品。不久，它一边用上下颌叼住一动不动的猎物拖拉着，一边又慢吞吞地绕着灯转起圈子来。就这样，小飞蛾的体液使蜘蛛满足地咂着嘴。

他以前不知道有这样的蜘蛛。用油灯代替巢，倒是挺时髦的。巢里边只能被动地等待，使用油灯，就可以积极地把对方吸引过来。只是这个方法必须有个前提，首先要让人准备适当的灯火。很遗憾，大自然里是不可能有这种灯的。它也决不会绕着月亮，绕着山林火灾闲逛的。难道这种蜘蛛是在人出现以后进化，把这习惯进化成本能的一个新种类吗？……作为说明倒挺不坏……但是，这样的话，飞蛾的趋光性又打算如何来解释呢？……和蜘蛛不同，你不能认为油灯对它们种类的保存能起到什么作用。而且，“趋光性”现象大约是灯火出现以后才有的，它们在这一点上完全相同。小蛾子不会成群结队飞到月亮的世界里去，这就是最好的证据。假如这只是其中一个种类的话，也许还能说得过去。可是，这是约一万种左右的飞蛾共通的习性，看来这必然是俨然整肃的一个法则。它们被人工的油灯所引诱，这样盲目地、狂热地扇动着翅膀……火、虫和蜘蛛，无缘无故地串通一气……法则竟如此鲁莽地表现，究竟让人相信什么才好呢？

闭上眼睛……光的斑点，在眼前飘浮游荡……他正想抓住那斑点，谁知它突然加快速度逃走了……简直就像虎甲在沙地上留下的影子……

他被女人嘤嘤的哭声惊醒了。

“你哭什么？”

女人想掩饰狼狈，慌忙站了起来。

“对不起……想给您沏杯茶……”

那嗡嗡的鼻音，弄得男人有些睁不开眼。女人躬着身子拨弄着小炉子里的火，女人的背影莫名其妙地战战兢兢的，要理解那意思，看来还需费些时间。就像硬翻开一张发霉的书页那么麻烦。可至少翻开一页了。忽然，他觉得自己看上去像个令人可怜的倒霉蛋。

“失败了呀……”

“是呵……”

“完完全全、不折不扣的失败呀。”

“可是，还没有人能够巧妙逃出的……一次也没有……”

女人用哽咽的声音说，简直像一门心思为男人的失败辩护似的，十分坚定。多么令人心酸的温柔呐。无法去报答的这种温柔，实在太不公平了吧？

“是呵，太遗憾了哟……成功的话，我想立刻去给你买个收音机寄来……”

“收音机？”

“一直这么想来着。”

“算了吧，别费心了……”女人慌忙说道，那口气简直像在辩解，“多干些家庭手工活，在这里也能买到……要是分期付款，交一些定金不就可以了吗？”

“是呵，那个，分期付款的话……”

“水开了后，给您擦擦身子吧？”

忽地，黎明前的悲伤涌上心头……互相舔舔伤口当然好。可是这样互相舔对方永远不会痊愈的伤口，最后，恐怕连舌头都要舔破了。

“实在想不通……算了吧，反正，人生嘛，也不是凭着‘能想通’活下去的……可是，还有‘那种生活’，‘这种生活’，那些人的日子看起来似乎还马马虎虎……就这样生活下去，想到将来会变得如何，那是最忍受不了的……无论怎样的生活，将来的事肯定谁都不知道呀……算啦，我总觉得，哪怕只有一点儿，也还是糊涂一点的好呵……”

“您洗吧……”

女人用鼓励的语气说。绷紧发怵的声音。男人慢慢解开衬衫的纽扣，脱去了裤子。沙子甚至灌满了肌肉的内侧。（家里的那一位，现在正干什么呢？）……只不过是昨天之前发生的事，竟觉得像是好几年前的往事。

女人开始往手巾上打肥皂。

第三章

二八

◇◇◇◇◇◇◇◇◇◇◇

十月里——

白天，夏日还恋恋不舍驻足不前，沙子晒焦了，赤着脚走五分钟都忍受不了，但太阳一西沉，屋子里透风的四壁，到底让人感到了阵阵凉意，他还得硬着头皮去把潮湿的炉灰晒干。因这气温的变化，没有风的早晨，雾就像浑浊的河流一般。

一天，男人在屋后的空地上，架好一个捉乌鸦的陷阱，把它叫做“希望”。

陷阱利用沙子的特性，是个极其简单的东西。先挖一个较深的洞，在洞的底部埋上一个木桶，用火柴棍粗细的木楔子在三处固定住木桶的盖子，每根木楔子都拴上一根细绳，细绳穿过盖子中心的孔，同外面的铁丝相连。铁丝的尖头上，吊着作诱饵的干鱼。然后，慎重地用沙子掩盖起来，从外面看起来，沙插钵的底部里，只能看到诱饵。乌鸦去叼诱饵，楔子立刻脱落，盖子掉下来，同时周围的沙子一起坍塌，乌鸦就被严严实实地活埋了……做了两三次实验，无可挑剔……他的眼前似乎出现了乌鸦的身影：在陷阱里连扑棱翅膀的时间都没有，就被沙子哧溜哧溜地吸了进去。

……而且，真要是得手的话，写一封信绑在乌鸦的腿上……不，当然是得手以后的事喽……第一，放走的乌鸦，会不会再被人抓住，可能性微乎其微……再说，它往何处飞，也无法知道……大体上乌鸦的行动半径也非常有限……更可怕的是：自己放走了乌鸦，乌鸦群里又有一只乌鸦脚上绑着白纸片，把这两桩事联系起来，村子里的家伙们肯定能揣测到自己的意图……至今为止好不容易忍受下来的种种，就成了徒劳……

逃脱失败后，男人变得非常谨慎。他打算像冬眠一样，顺应洞穴里的生活，他一心一意等待村里人警戒的解除。俗话说，相同图形的反复，是有效的保护色。如果融化到生活的单纯反复之中，那么，迟早他也就可以从村里人的意识里消失了，这并非没有可能。

反复还有别的效用。譬如，这两个多月来，女人每天投身于家庭手工活：往绳子里穿珠子，连她的脸看起来也有些浮肿了。长长的针尖，时不时像跳舞似的把散落在纸盒底部的铁色珠子捡起来。不久，存款就有二千日元了。照此下去，再持续半个月，看来就能凑足买收音机的预付款了。

那针的舞蹈很有分量，让人感到那里简直就像地球的中心。机械反复，为现在涂上了彩色，让那手感变成确实的东西。于是，男人也不落后，拼命干一些更单调的家务活。清扫清扫天花板上的沙子啦，淘淘米啦，外加洗衣服，都已经成了男人每天的必修课。干起活来，还要哼哼小曲儿，时间就这么打发过去了。他甚至还考虑过睡觉时挂个小型的塑料布天幕，研究过怎样将鱼埋到滚烫的沙子里蒸烤，以此来消磨时间。

为了不搅乱心境，打那以后，他努力不去看报纸。忍耐了一个星期，他就开始不太想再读报了。一个月以后，他甚至常常忘记还有报纸那玩意儿的存在。以前，他看到过一张叫做“孤独地狱”的铜版画，曾经觉得很不可思议。一个男人以不安定的姿势飘浮在天空中，由于恐怖，连眼睛都僵硬起来。围绕在男人周围的空间，决不是虚无的，相反满满地充斥着些半透明的死人影子，他连身体都转动不了。死人们脸上挂着各种表情，都想挤掉其他人，没完没了地和男人说话。到底为什么要叫做“孤独地狱”呢？当时他曾觉得该不会是标题搞错了吧？现在总算搞清楚了，能够理解了。所谓孤独，就是追求幻想而得不到满足的饥渴。

所以，心脏的鼓动不能使他放心，他啃指甲。脑波的节奏不能使他满足，他抽香烟。性交不能使他感到充实，他的腿下意识地晃动。呼吸、步行、内脏的蠕动、每天的时间分配、每七日一个礼拜天，每四个月重复一次的学期期末考试，谈不上使男人放心，反而成了新的强迫症。不久，他抽烟一天比一天厉害起来，还与囤积指甲污垢的女人一起，胡乱寻找世人眼睛够不到的地方，大汗淋漓地沉浸于梦魇中，当终于发现自己开始呈中毒状态时，他幡然醒悟地觉察到：周围只有无比单纯的圆周运动周期所支撑的天空，以及 1/8 mm 波长所支配的沙丘地带。

男人同翻来覆去的沙子作着斗争，在成为每天习惯的劳动中，略微感觉到某种充足感，但未必能断言这都是自虐的行为。有这种痊愈的方法，也没什么不可思议的。

然而，一天早晨，同规定的配给品一起，送来一份漫画杂志。不，漫画杂志本身并没有什么可说三道四的。封面破破烂烂，脏兮兮，邋里邋遢的，恐怕是从废品回收站收购来的，除了不干净这一点以外，是呵，可以说是村子里的家伙们能够想出的赏赐。问题是拿来一看，竟然让他两手捶地，笑得直不起腰来，甚至连胃也像要痉挛起来。

大致是些傻乎乎的漫画。要说什么地方好笑，他可是回答不出来的，只是些毫无意义的，粗糙的涂鸦而已。大个子男人骑上马，马腿都给压断了，瘫在地上，马脸上的表情令人忍俊不禁。自己这副样子，真还亏笑得出来。毫不知耻。接受现状，毕竟有限。归根结底那只是手段，不应该是目的。冬眠什么的，听起来还可以，但愿不会变成鼹鼠，一生一世不想见阳光。

真的，要是好好想一想，几时会有逃脱机会，怎样到来，看来简直是没希望了。他已经习惯于茫无目的的等待，就这样，终于连蛰居的冬季也眼看着要结束了，刺眼的光线将会弄得他无法外出，这些他都充分考虑到了。俗话说，做三天叫花子，就再也舍不得不干了……这种内部开始的腐蚀，意外地来得很快……就这样苦苦思虑的时候，忽然想起那张马脸，忍不住又开始傻呵呵地笑起来。坐在灯下，仍然一心一意穿珠子的女人，仰起脸，茫然地回给他一个天真的笑。男人觉得受不了自我背叛，于是，他丢下漫画，跑到了外面。

崖上笼罩着乳白色的雾，起伏不定，打着涡旋。夜之残余，仍然像冻住似的留下了阴影的部分……像烧红的金属线般发光的部分……成了发光的蒸汽粒子流动的部分……那阴影的组合，满足于幻梦，也拨亮了无边无垠的空想。不管你怎么瞧，都瞧不够。这时，所有的瞬间，都充满了新的发现。从现实的形体到还没有见过的奇异形体，大概在这里都是有用的吧。

男人面对着那涡旋，情不自禁地控诉起来。

（审判长阁下，请教处刑的内容！请让我听听判决的理由！被告就这样站着等待！）

于是，雾之中传回来熟悉的声音。像透过话筒，只在嘴边打转转的含混声音，

（一百个人里边就有一个人，结果……）

（什么？）

（就是说，在日本，患精神分裂症的人，可以说是百分之一的比率。）

（这究竟是……）

（而且，有偷盗癖的人也像一百人里有一个……）

（究竟在说什么呢？）

（好男色者百分之一，当然女性同性恋也是百分之一。还有，纵火犯百分之一，有酗酒倾向的百分之一，心智不全者百分之一，色情狂百分之一，夸大妄想狂百分之一，诈骗惯犯百分之一，性冷淡症百分之一，恐怖主义者百分之一，迫害妄想者百分之一……）

（别说莫名其妙的梦话了吧。）

（你先静下心来好好听着。恐高症、尖物恐惧症、吸毒、歇斯底里、杀人狂、梅毒、白痴……各百分之一，合计起来百分之二十……照这个势头，往后要是再列举出八十个异常的例子……不用说，肯定可

以……甚至能够统计证明，人类百分之百的不正常。）

（别扯淡了！要是没有正常的基准，异常也就成立不了！）

（啊呀呀，人家特地要为你辩护……）

（“辩护”？）

（不管怎样，你肯定不打算主张自己有罪吧？）

（那还用说！）

（那么，希望你有更加体面的行动吧。不管自己的立场多么例外，一点也用不着烦恼。就像世间没有救助变色毛虫的义务一样，世间同样也没有审判它的权利……）

（毛虫？……对不法监禁的抗议，凭什么说成是变色的毛虫！）

（现在这地步，可不能假装不知道哟……在日本这样的条件下，多湿温带地区，水灾占每年灾害的百分之八十七，这种流沙灾害，连小数点以下三位都没有。就像在撒哈拉大沙漠，搞个什么“水灾特别立法”，难道不是脱裤子放屁，多此一举吗！）

（我可没说什么对策之类的事，说的是我的苦处哇……沙漠中也好，沼泽地里也好，非法监禁都是不合法的，到哪里都是一样的吧！）

（啊，非法监禁……然而，说起人的欲望来，可是没有底的呀……像你这样被村里的家伙们当成活宝……)

(呸，去你的吧！我呀，应该有更好的存在理由呐！)

(够了吧，对你特欢喜的沙子，难道你能这样吹毛求疵吗？)

(吹毛求疵？)

(听说世上有人花十年工夫，把圆周率计算到小数点以下几百位……行了吧……就是那样也有存在的理由嘛……可是，正因为你拒绝那样的存在理由，所以，才特地来到这个地方……)

(这可不对头！……即使是沙子，也有几乎完全相反的一面！……比如，反其道而行之，利用这种性质，制作铸模……而且，它又是凝固混凝土所不可缺少的原料……此外，在杀菌、除草方面也有可利用的方便之处，人们正在进行无菌耕作及单纯耕作的研究……还有，使用某种土壤分解酵素，把沙子变成土壤的实验，好像也正在进行呀……沙子呀，一句话……)

(啊呀啊呀，您的主张怎么改变了嘛……是呵，每次都可以改变主意的话，真弄不清楚你究竟相信什么。)

(我讨厌曝死路边！)

（难道不是五十步笑百步吗……没钓上来的鱼，想说多大都可以。）

（妈的，你究竟是谁！）

雾团一个大波动崩坍了，对方的声音也消失了。取而代之的是用尺划出来似的几束光线，崩落了下来。他让炫目的光弄得眼前一片漆黑，深处的牙齿间，咬碎了涌上来的类似煤渣的疲劳。

乌鸦叫了。他忽然想起该去看看屋后的“希望”。反正也不见得会成功，但总比看漫画有趣。

诱饵还是按先前的老样子穿在上面。鱼腐烂的臭味直冲鼻管。架设好“希望”陷阱，已经两个多星期了，仍旧一点反应都没有。究竟什么地方有问题呢？对陷阱的构造，他是有信心的。只要那些乌鸦去叼诱饵，那它就绝对会成为自己的囊中物。但是，如果乌鸦看都不看一眼诱饵，那就没辙了……

尽管如此，这个“希望”陷阱究竟有什么地方不合乌鸦们的胃口呢？不管你从哪里，怎么看，似乎都没有一点儿怪异之处。那些乌鸦们，专门寻找人类的废弃物，只在人们的周围打转转，总之，它们的小心谨慎是出类拔萃的。这样的话，只能比比谁的耐性好了。等到这个坑里边的烂鱼对于那些乌鸦们的意识来说，变成完全的反复……

“忍耐”这玩意儿，其实并不是失败……倒不如说，当感到“忍耐”是失败的时候，那才算是真正失败的开端吧。原来给陷阱取名“希望”，也就是基于这样的打算。“希望峰”在直布罗陀……不对，好像在开普敦……

男人慢吞吞地拖着步子，回去了。……又到睡觉的时间了。

二九

女人一看到男人进来，像想起什么似的吹熄了灯，移到门口较明亮的地方去。还打算继续干活吗？突然，他心里涌起一阵难以忍耐的冲动。他唰地在女人面前站起，打翻了放在女人膝头上装珠子的盒子。顿时，黑黑的、草籽似的颗粒滚了一地，立刻渗进沙地里。女人没出声，一脸害怕的表情，直愣愣地盯着男人。男人的脸上，颓丧的表情剥落了。从有气无力耷拉着的嘴唇里，与黄色唾液一起，漏出了萎靡的叹息：

“没用的……不是白忙吗……全没用的……现在，毒性发作喽……”

女人还是一声不吭。穿在绳子上的玻璃珠子，在她的手指间轻轻地晃动。糖果粒似的闪着光。男人的脚下悄悄起了一阵轻微的颤动。

“是呵，现在已经无法再挽回喽……有一天，忽然醒过来一看，村里一个人也没有了，只留下了我们……我知道得可清楚呢……真的呢……不久，肯定会变成那样的……

等你意识到被抛弃，已经晚喽……尽心尽力到这个份上，将来只能被当做笑柄……”

女人紧盯着手里攥着的珠子，虚弱地摇了摇头。

“不会有这种事情，从这里出去，谁都不可能马上站住脚过日子的……”

“不是一回事吗？反正在这里，也过不了像样的日子吧？”

“可是，这里有沙子……”

“你说沙子？”男人把牙齿咬得格格响，抬起下巴画了个圈，“沙子有个屁用？除了让人倒霉，一文不值。”

“不，可以卖掉。”

“卖掉？……这种东西卖给谁？”

“就是那些工地……用来搅和混凝土……”

“别说傻话喽！把这种多盐分的沙子搅拌进混凝土里，那可不得了。首先就违反了那些规定什么的……”

“当然，都是背后的买卖嘛……连运费也只要半价……”

“瞎胡闹也有个度哇！往后大楼的地基呀，水坝都会变得破破烂烂的，别说半价，怕是连不收运费，也不顶用吧。”

忽地，女人用责备的眼光制止了他的话。她把眼光停在胸前，由先前被动的态度，来了个一百八十度大转弯，冷冷地说：

“与我有什么干系，旁人的事，随它去好了！”

男人退缩了。她仿佛另装上去个脸似的怪诞。好像村里人通过女人显露出一张脸似的。在这之前，村落应该是单方面的行刑者。或者是没有意志的食肉植物，贪婪的海葵。他只是偶然上了他们的当，不过是个可怜的牺牲者。可要是让村落方面说，被抛弃的当然是自己这一方。对外部世界，他们当然不会讲什么情面。而且，他若成为那些加害者中的一员，那么，他们的獠牙就会直接冲向自己。他还从没有这样考虑过自己和村落的关系。他的笨拙狼狈也是理所当然的。所以说，他就此退下，就像他主动放弃了自己的正当性。

“是呵，别人的事，也许还是别管他的好……”他调整了一下姿势，激动地说，“可是，这种搞鬼的买卖，一定有人赚了许多吧？……即使不去袒护那些家伙……”

“不，沙子的买卖是联合组织干的。”

“果然……尽管如此，结果也还是按持有股票、出资的多寡……”

“哪有这事，有船的老板们，早就离开这儿……我们这些人也因此领到了许多钱呐……真的，没什么不公平呀……你以为是假的吗？不信让他们给你瞧瞧账簿，你立刻就会明白的……”

他实在不得要领，在混乱和不安之中，男人终于呆立不动了。他老觉得惴惴不安。本应把敌我双方涂抹得清清楚楚的作战地图，被暧昧的中间色弄淡成一幅猜谜画。其实仔细一想，它充其量不过是一本漫画，没有必要那样怒不可遏。你是否傻乎乎地笑了，根本就没有关心的人呐……僵硬的舌头深处，断断续续地嘀咕起来。

"……看来，是呵……当然，是喽……这种，别人的事……是呵，是这样的哟……"

然后，他嘟着嘴，随随便便说了一些连他自己都想不到的，不着边际的话：

"过两天买个小盆景吧……"连他自己也发愣了，可是，为了不再加重女人张皇失措的表情，"怎么啦，连气都透不过来，煞风景，真是没办法……"

过了好一阵，女人用惊慌的声音回答：

"松树，你看怎么样？"

"松树？……我可讨厌松树呀……什么都可以，杂草也可以哟……海角那边，生长着许多草，那叫什么草来着？"

"笔头草或珊瑚菜吧。还是树好吧？"

"种树的话，最好是枫树或桐树那样的，树枝细、叶片大的树……一刮风，叶子翩翩飘动的那种……"

翩翩飘动的那种……即使想要逃跑，也与树干相连着，逃不了的叶片，成群地翩翩扭动着身子……

与心境毫无关系，呼吸紧促起来。他老觉得快要哭出来似的，赶快弯下腰，在散落珠子的沙地上，笨手笨脚地摸索起来。

女人慌忙站起来：

“算了吧，我来干吧……把那些沙子筛一筛，立刻就找得到……”

三〇

一天，男人正面看到了月亮，挂在洞穴的边缘，有一抱那么大，灰白色，当时正在小便，突然，他感到一阵剧烈的发冷。是感冒了吧？……不，这种发冷像是性质不同。假如是发热之前的冷，自己还有几分经验，可眼前的情景简直不一样。空气里没有激刺感，也没有起鸡皮疙瘩。与其说皮肤表面打抖，还不知说是在骨髓周围打抖。那颤抖像水的波纹，慢慢地形成一个个圈圈，由中心向外扩散。钝感的疼痛在骨头间传递共鸣，似乎没有停止的迹象。简直就像一个锈迹斑斑的马口铁罐子，随风飞来，哐啷哐啷响着穿过身体而去。

一阵哆嗦，那月亮表面，使他联想到斑斑驳驳撒了些粗粉，疮痂一样的手感……干巴巴的便宜肥皂……还使人联想起锈迹斑斑的铝饭盒……再把焦距拉近些，更让人联想起意料不到的影像：白色的骷髅……万国通用的剧毒品的标志……杀虫瓶底部抹着白粉的药片……这样说来，风化的氰化钾药片和月亮的表面，气质竟会如此相像。那个瓶，还原封不动埋在靠房门的横框底下吧……

心脏像破了的乒乓球，不规则地弹跳着。偏偏要去联想，他不明白自己怎么净想些不吉利的事情呀。即使不那么想象，十月的凉风里充满了近乎苦闷的悔恨之声。豆子崩破了豆荚，空空的豆荚，如笛子吹响般飞去了。他抬起头，仰望着淡淡月光勾勒出来的洞穴边缘，他觉得，这种灼热的感情也许是出乎意料的嫉妒吧。也许是对所有事物的嫉妒吧：街道、上下班列车、十字路口的信号灯、电线杆上的广告、猫的尸体、卖香烟的药房，这些地面上表示密度的一切。就像沙子吞噬着板壁和柱子内部一样，嫉妒在他的内部挖了一个洞，也许正使他变成炉子上架着的空锅。空锅的温度骤然上升。不久，他受不住这份热，难保不会自己将自己抛出去。谈论希望之前，首要的问题是能不能跨越这个瞬间。

真想获得更加轻盈的空气呀！至少希望得到没有混杂自己吐出气息的新鲜空气！一天一次，哪怕只有三十分钟也可以，如果能够登崖望海，那该是多么美好的事情哇。这样的要求应该得到允许吧。反正村里戒备森严，如果再考虑到他三个多月来老老实实干活的表现，这不是极其正常的要求吗？就是被判了刑的犯人，也有权利得到活动时间呀。

“简直受不了哟！就这样，一年三百六十五天，每天面壁黄沙，都快熬成腌人干喽。偶尔也能让我们到那边散会儿步吧？”

谁知女人一脸为难的表情，紧闭着嘴唇一声不吭。简直就像瞧见丢了糖果死缠硬磨的孩子，一副不耐烦的样子。

“你可别说不行！”男人忽然愤愤不平起来。死缠在记忆里的不祥之兆，终于使他把本来说不出口的“绳梯”搬了出来，“那天，我逃跑的半路上，清清楚楚地看见过的哟……这边并排的房子里，有好几家都随意地吊着绳梯呢。”

“嗯，可是……”她战战兢兢，辩白似的说，“那些人呐，多是好几代以前就住下了哟。”

“那你是说，我们这里没希望喽！”

女人像条死了心的狗，毫无反抗地耷拉着脑袋。男人就是当她面吞下氰化钾，她一定也会这样默默不语地瞧着。

“算了，我自己直接找他们交涉看看！”

本来他就没有真心期待也许能获得的成果。他已经习惯了被岔开话题的待遇。所以，当先前那个老头立刻随第二次搬运大网篮的家伙们一起赶来，回应他的要求的时候，他颇感意外，甚至有些手足无措了。

谁知，这种意外同那“回应”的内容比起来，实在是小巫见大巫。

“是呵……”老头像在整理头脑中的旧文件，唠唠叨叨，慢条斯理地说，“这个嘛，未必不能商量嘛……是呵，打个比方说吧，你们两个人，到外面来，在大伙儿的面前嘛……干一回那种事儿给大家看看，这个嘛，可以成为理由，在大伙儿的面前，假如行的话……”

“干什么？”

“那种事呀……是啦，雄的和雌的交配……那个，那个嘛……”

搬运大网篮的人围着老头，突然爆发出一阵疯狂的大笑。男人像被人使劲勒住似的站着一动不动。他开始慢慢地、一丝不苟地理解起来。他开始理解正在理解的自己。仔细想来，这项提案也并非那么令人惊奇。

一束手电光，像只金色的小鸟擦着男人的脚边跳动。以此为信号，七八束手电光又一齐射下，组成了个光的盘，开始在洞穴的底部蠕动。男人被崖上的人所散发出的灼烫树脂似的热气所压倒，还没来得及反抗，就像是已经感染上了这份疯狂。

他慢慢地回过头，瞧瞧女人。谁知刚才还在那里挥锹的女人已经不见了。逃到房里去了吧？他在门口张望了一下，叫起来：

“怎么样？”

紧靠墙壁后面，女人立刻压低声音说：

“别去理他们！”

“可是我想出去呀……”

“岂有此理！”

“没什么，用不着小题大作……”

突然，女人可怕地喘息起来，透不过气来似的：

“你，发神经病了吧？……一定是的……你发疯喽！……这种事情，真不要脸！……这老色鬼！”

是这样吗？……自己发疯了吧……在女人激动的态度前，他有些退缩了，倒是男人的内部，扭曲的空白不断扩散开去……被人欺负到这种地步，体面还能起什么作用？……如果说展览的一方难为情，那么，参观的一方也同样该难为情……没有必要把“示众的”和“看客”分得那么清楚……即使多少有些不同，但把它想象成为了自己的消失而举行的一个小小仪式，也就未尝不可了嘛……而且，再想想作为代价换来的东西吧……可以自由自在地在地面上走动！……真渴望把脸伸出这腐臭的水面，深深吸一口空气！

他瞅着女人的动静，瞄准目标，浑身一震，冲了上去。女人叫了起来，两人扭作一团倒在了板壁上，那声音引起崖上野兽般狂热和阵阵的脸红。口哨声、拍手声、成不了语言的下流叫唤声……人数忽地增加了，像是还夹杂着年轻妇女。手电光蜂拥而至房门口，数量至少是先前的三倍。

不知道是不是突然袭击奏了效，反正他成功地把女人拖了出来。女人精疲力尽，被男人拽着衣襟，像只口袋似的被拖了出来。手电光把洞穴三面包围得水泄不通，宛如夜间祭典中燃起的篝火。尽管没那么热，晃晃悠悠，薄膜似的汗水顺着腋下流了下来，连头发也像被水浇过了似的湿漉漉的。被压缩成一块木板的震耳喊声，像黑色的巨大翅膀，布满了整个天空。男人形成一种错觉，仿佛那翅膀就是自己的翅膀。他分明感到，崖上屏息注视自己的家伙们就是自己。他们是他的一部分，他们滴下的染上颜色的唾液，完完全全地，就是他的情欲。他打算，与其做活供品，不如做代理执行人。

谁知，劳动裤的腰带，竟意外地难以解开。手边很暗，再加上手不住地抖动，弄得手指似乎有原来的两倍粗。他打算索性一把撕开女人的裤子，用两手握住女人屁股上松弛的肉，抬起屁股的瞬间，女人扭动了一下身子，挣脱开去。男人踢着沙子追了过去。他立刻被铁一般的坚硬顶了回来。男人又猛扑上去，苦苦哀求道：

“帮帮忙……求你了……反正也干不了……装装样子算了……”

其实，他根本没有必要抓住不放。女人早已没有躲避的心思。似乎有布帛撕裂的声音响起，与此同时，集中了女人全身愤怒和重量的肩膀，狠命地朝男人的下腹撞了过去。男人一下子抱住膝盖蹲了下来。女人压上来，坚硬的拳头交替砸在男人的脸上，看上去是慢悠悠的动作，但实际上，一拳一拳都带有砸碎盐巴似的沉重的力道。男人鼻子里喷出了血，鲜血沾上了沙子，男人的脸成了土块。

崖上的兴奋，这时也像断了骨子的洋伞，眼见着偃旗息鼓了。不满、失笑和激励的声援，三者即使一起出声，也已经合不起拍子，捉襟见肘了。夹杂醉意的猥亵骂声，再也成不了推波助澜的补充剂。像是有人扔东西下来，立刻有人出来制止。就像开头的唐突那样，结尾也很唐突。拖着长长的尾巴，响起了催促干活的吆喝声，灯光排成一列，像被谁拖走了似的，倏忽消失了。此后，只剩下幽暗的北风呼啸，把刚才的喧嚣吹得无影无踪。

他浑身沾满了沙子，被打倒在地，只有心脏剧烈跳动时才清晰地感到痛楚，男人在透湿内衣似的意识角落里，迷迷糊糊地觉得，一切似乎都是按预定计划进行着。火烧火燎的手臂被女人夹在腋下，女人的体臭变成荆棘直刺他的鼻腔。所有一切都任凭摆布，在女人的臂膀中，男人觉得自己变成了河边滑溜溜的小石子。剩下的部分液化了，像是要溶化进女人的身体里。

三一

◇◇◇◇◇◇◇◇◇◇◇◇

又是毫无起色地与“沙”和“夜”一起过了几个星期。

乌鸦们依然无视着“希望”。作为诱饵的干鱼早已经不再是干鱼了。干鱼被乌鸦们忽视，却没有被细菌忽视。一天早上，他用细棒尖戳了戳，干鱼只剩下了鱼皮，变成黑黑的、黏糊糊的液体。于是，他乘更换诱饵之机，想再查看一下装置的情况。谁知拨开沙子，揭掉盖子一看，他大吃一惊。原来，桶底竟然囤积着一汪水。水面离桶底大约有十厘米高，透明的水，要比每天分配来的那种锈迹斑斑的水纯净得多。最近什么时候下过雨了？……不，至少这半个月以来没下过雨。那么是半个月以前留下的雨水吗？……他尽可能这样想，可令人遗憾的是，这个桶是漏水的。眼下，把桶提起来，水眼看着慢慢地从桶底漏掉了。那个深度，只要不是位于地下水线，那么，漏去的部分，只能看作有水源源不断从什么地方补充而来。至少理论上说是这样的。但是，这干巴巴的沙子里，水究竟从哪里补充而来的呢?

男人抑制不住渐渐涌起来的兴奋。想了半天，答案只有一个，那就是“毛细管现象”。沙子的表面比热较高，所以一直是干燥的，可往下一挖，下面一定是潮湿的。表面的蒸发起了水泵的作用，把地下的水分吸了上来。这么一想，就很容易理解为什么早晨、傍晚沙丘会吐出那么大量的雾气，为什么板壁和柱子沾了沙子，异常的湿度会导致木材腐烂。原来沙地上的干燥，并不仅仅因为缺水，倒像是因为“毛细管现象”的吸引，远远赶不上蒸发的速度所致。换言之，水的补充是源源不断的。只是那种循环的速度是一般土地所无法想象的。而他的“希望”，恰巧在某个地方截断了这种循环。这恐怕与埋桶的位置，盖子的缝隙等都有关系，偶然吸上来的水没有蒸发掉，正好流进桶里。到底是怎样一种位置和关系，现在虽然还不能清楚地说明，但只要好好地研究，一定能够再重复一次。说不定还能设计出效率更高的蓄水装置。

假如这个实验成功的话，那就再也不会因断水而投降了。岂止如此，这沙子整个就是一个水泵。自己简直就像坐在抽水泵上似的。男人为了平息过快的心跳，甚至需要屏气凝神，静静蹲下。当然，他还没有同别人说的必要。万一有情况，它还是十分要紧的武器呢。

尽管如此，笑还是自然地满溢出来。关于“希望”的事，他当然能保持沉默，但要掩饰住内心的兴奋，却是十分困难的。女人正在整理床铺，男人跑到她背后，忽然怪叫了一声，抱住她的腰。女人一阵躲闪，男人索性仰面倒在床铺上，手脚乱舞，还在不停地笑。仿佛有一只充填了氢气的特制纸气球，在胃的周围挠痒痒。搭在脸上遮光的手，简直像悬浮在空中一样挥舞着。

女人也无可奈何地笑了起来，只不过是应应景罢了。男人眼前浮现起穿过沙子的空隙，升起的银色绵毛般，一望无际的水脉之网。相反，女人则一定认为，过一会儿就要开始性交了。其实这也可以。除了好不容易摆脱溺死的遇难者，恐怕无人能理解这种能够呼吸带来的喜悦。女人终究理解不了这种心理。

洞穴的底部，依然什么变化也没有，但他的心情却像登上了高高的塔顶。世界变得本末倒置，也许“突起的部分”和“坑洼的部分”倒了过来。沙子里边竟能打出水来。只要有了那个装置，村子里的那些家伙也就很难插手了。就是断了水，也毫不在乎。那些家伙将会多么张皇失措呐，只要想到此事，“笑”又涌了上来。尽管身处洞穴，心却早已飞向洞穴之外。回过头来，他环顾了一阵洞穴的全景。不隔着一定距离去看“马赛克”，就很难分辨出图案。他郑重其事地把眼睛凑过去看，反而误入了断片之中。即使从一个断片中逃出来，立刻就会被其他断片拽住了脚。仿佛他之前看到的不是沙子，只是单纯的沙颗粒似的。

家里那个人和单位里的同事，简直可以说也是这么一回事。要说之前回忆起的东西，那只有异样扩大的细部：肉质厚厚的鼻孔……皱皱巴巴的嘴唇……平平的薄唇……平平的手指……尖尖的手指……眼睛里的星星……锁骨之下，线头一样的疙瘩……乳房上延展的紫罗兰色静脉……就只有这些部分，不由分说地逼近过来，引得他一阵恶心。然而，装上了广角镜的眼睛，看什么东西都小得像虫子似的。趴在那儿的，是在办公室里喝功夫茶的同事们。贴着那边角落的是一张小床，裸体的那个人躺在潮湿的床上，香烟灰眼看着就要掉下来了，她仍迷迷糊糊躺着，身子一动也不动。他没有一点嫉妒的心思，他只是把这些小小的虫子想象成“点心模具”的。所谓点心模具，就是有轮廓而没有内容的东西。所以，相应地，他们也就不需要自己当什么正宗的点心师，去烤制那些没有下订单的点心。即使再一次恢复关系，那也得将过去的一切一笔勾销之后从头再来。沙子的变化，同时也是他的变化。也许他从沙子中，和水一起，捡回了另一个自己。

就这样，囤水装置的研究，增加了他每天新的活动。埋桶的位置……桶的形状……日照时间和囤水速度的关系……气温和气压对效率的影响……数字和图形的记录，他都一一仔细地积累起来。而女人一点也搞不懂，男人对套乌鸦的陷阱为什么会如此热衷。她相信，男人得有一样东西来摆弄，否则就过不去，假如这真能使他气顺，又何尝不可呢？不知为什么，男人对女人的家庭手工活，也开始表现出积极的态度。女人没有坏心情。因为乌鸦陷阱的事儿，算下来她还是赚了的。可是，男人也是有自己的盘算和动机的。研究囤水装置也需要多种条件的组合，意外地费时。资料的数量增加了，却找不到将这些资料统一起来的规律。而且，要想得到正确的资料，无论如何需要一台收音机，需要掌握天气预报和概况。于是，收音机成了两人共同的目标。

十一月初，他最后记录到了一天四升水，此后每一天都在减少。总觉得气温像是有关系，真正的实验，只能等到明年开春了。不久，冰的碎片随着沙子开始飞舞，漫长而严酷的冬天来临了。这时，他渴望得到一个较好的收音机，于是，他也帮女人干起了家庭手工活。洞穴中尽管有挡风的优点，但是，终日不见阳光，很难说日子好过。即使沙子被冻住了，飞沙的量却始终未见减少，清沙的活照干不误，没有休息。好几次，手冻得皲裂了，还流出了鲜血。

总算熬过冬天，春天来临了。三月初，收音机总算弄到了手，于是，屋顶上竖起了高高的天线。女人十分幸福似的不停发出赞叹声，整个半天，都在左转右转摆旋钮。这个月的月底，女人怀孕了。又过了两个月，大白鸟由西向东飞了三天之后的第二天，女人突然血染下半身，还说疼痛难熬。村落里有人的亲戚是个兽医，诊断说可能是“宫外孕”，赶快叫三轮摩托车，要把她送到镇上医院去。三轮摩托车还没有到来之前，男人紧靠着女人，一只手托着她的身子，空着的一只手，不停地抚摸女人的腰部。

不一会儿，三轮摩托停在了崖上。半年以来，绳梯第一次吊了下来。女人让被窝裹得像只蚕蛹，用绳索吊了上去。女人满是眼泪和眼屎的眼睛，几乎什么也看不清，但她直愣愣地盯着男人，仿佛倾诉着什么似的，直到再也看不见为止。男人装作没看见，挪开了目光。

女人被带走了，可绳梯还原封不动地吊在那里。男人战战兢兢伸出手去，悄悄地摸了一下，看看绳索还在不在。于是，他慢慢地开始攀登。天空呈现出一片脏兮兮的黄色。他像从水里爬上岸似的，手脚疲软而沉重。……这可是盼了又盼的绳梯哇……

风吹过来，像要从嘴里扼住他的气息似的。他在洞的边缘兜了一圈，往看得见海的地方登了上去。海也是黄色的，浑浊的。他深深地吸了一口气，嘴里只有粗糙不平的感觉，并没有他所预期的那种滋味。回过头来，村头，腾起了一片沙尘。那大概是载着女人的三轮摩托车吧。……是呵，分别之前，要是把陷阱的真相告诉她该多好呵。

洞穴的底部，有什么在晃动。哦，是自己的影子。紧挨影子的上面是囤水装置，木框的一边掉了下来。大概是刚才搬动女人时不小心踩上去给蹭掉的。他慌忙返回洞底去修理。囤积的水正和计算预料的一样，到了第四格刻度。看不出是什么大不了的故障。屋子里，收音机正用干燥的声音唱着歌。他好不容易才忍住没让自己哭出来，他把手浸到了水里。水，刺骨的冰凉。他就这样蹲着，身子一动也不想动。

其实现在已没有慌慌张张逃跑的必要了。他手中捏着的往返车票，在“前往目的地”“返回场所”等地方都是空白，可由他本人随意填写。而且，再往深里考虑一下，他的心已经给一种欲望填满了：他渴望将囤水装置的事告诉给别人。要告诉的话，除了这村里的人，可能没有其他人想听。今天不行，那就明天，男人会向什么人挑明吧。

逃亡，在那以后的第二天考虑也不迟。

有关失踪登记的催促通知

不归者　仁木顺平

出生日期　昭和二年三月七日

兹有仁木希娜提出“宣告失踪”的申请，截止至昭和三十七年九月二十一日，希望不归者能向本法庭提交生存登记。未提供登记文件，则将接受“宣告失踪”的申请。此外，凡知晓不归者生死情况者，请于上述日期之前，速告本法庭。

家庭法院

昭和三十七年二月十八日

判决书

申请人：仁木希娜

不归者：仁木顺平

昭和二年三月七日生

对上述“不归者宣告失踪”申请一案，已履行了公开催促通告的手续，经认定，自昭和三十年八月十八日以来，七年以上生死不明，特作如下判决。

正　文

认定不归者　仁木顺平　为失踪者。

家庭法院

家事法官

昭和三十七年十月五日

图字:09－2011－097 号

图书在版编目(CIP)数据

砂女 / (日) 安部公房著 ; 杨炳辰译. -- 上海 :
上海译文出版社, 2025. 4. -- ISBN 978-7-5327-9751-6
Ⅰ. I313.45
中国国家版本馆 CIP 数据核字第 2025DY7444 号

砂女	[日] 安部公房 著	出版统筹 赵武平
		责任编辑 许明珠
砂の女	杨炳辰 译	装帧设计 尚燕平

上海译文出版社有限公司出版、发行
网址: www. yiwen. com. cn
201101 上海市闵行区号景路 159 弄 B 座
上海景条印刷有限公司印刷

开本 850×1168 1/32 印张 7.5 插页 2 字数 96,000
2025 年 4 月第 1 版 2025 年 4 月第 1 次印刷

ISBN 978－7－5327－9751－6
定价: 42.00 元